U0830884

止庵 著

雨脚集

上海辞书出版社

图书在版编目(CIP)数据

雨脚集／止庵著．—上海：上海辞书出版社，2016.8
（开卷书坊．第五辑）
ISBN 978-7-5326-4697-5

Ⅰ．①雨…　Ⅱ．①止…　Ⅲ．①随笔—作品集—中国—当代
Ⅳ．①I267.1

中国版本图书馆CIP数据核字(2016)第143924号

雨脚集
止　庵　著
丛书策划/蔡玉洗　董宁文　责任编辑/刘小明
美术编辑/姜　明　技术编辑/顾　晴

上海世纪出版股份有限公司
辞书出版社出版
200040　上海市陕西北路457号　www.cishu.com.cn
上海世纪出版股份有限公司发行中心发行
200001　上海市福建中路193号　www.ewen.co
苏州越洋印刷有限公司印刷

开本787毫米×1092毫米　1/32　印张8.875　插页4　字数144 000
2016年8月第1版　2016年8月第1次印刷

ISBN 978-7-5326-4697-5/I·318
定价：38.00元

本书如有质量问题，请与承印厂质量科联系。T：0512-68180628

目 录

题记

雨天窗子成了整个世界

一些脚步跑来又跑去

雨天有人替我做了一切

携着太阳去追赶一片桃树

或者去追赶自己

世界犹如密林深处

上为拙作《骊歌》之一章。我一向喜欢“雨脚”这景象，总是看得饶有趣味，虽然杜甫当初讲“床头屋漏无干处，雨脚如麻未断绝”，对此不无厌烦。而我置身事外地观看如北京话说“掉点儿了”，或地面，或水面，往往倏忽而来，隐约而去，清晰可辨，又不留踪迹，像小动物一样富有生命力，仿佛是对“天地不仁”说法的小小抗议，且兼具秩序与整齐之美。此等境界看似寻常，却往往为人力所难以企及。

这本集子所收录的，是我一些近乎“散文”的文章。编讫，无端想起“雨脚”来，尽管窗外是北京难得的没有雾霾的晴天。说来无非以此自勉而已。

二〇一六年三月二十六日

我的父亲

父亲去世不到一天，我忽然完全明白他是怎样一个人，已经晚了。我再也来不及把我的想法告诉给他。父亲去世了，我感到痛惜的地方有许多，要从感情上讲最难受的还是没有能够与他单独进行一次真正是我们两个人之间的倾谈，那样我就可以对他讲其实我是理解他的。父亲一生坎坷甚多，或许这对他能够有所安慰，他告别这个世界的时候就能感觉好一点儿。他去世前一天我最后与他说的话是问他一生总是那么不高兴，这是怎么回事。他说他也不知道。我就没再说下去。我真后悔为什么不能再努力一下。其实我并不需要听他说些什么，我只是应该告诉他我的想法。我相信在内心深处，他是期待有人——也许是我——对他讲这样一番话的，而终于就没有人说。我想父亲是度过了孤独的一生。我应该对他说的话，说了，就是说了，就像我们一生中应该做的任何一件事；没有说或者没有做，就不再有说或做的可能。父亲去世以后，我一天又一天地回想他，可是他活着的时候我与他多在一起待一分钟，那才是属于我们两个人的一分钟。我是一个唯物论者，我所有的悲哀也正是唯物论者的悲哀：父亲离开了这个世界，如同一切故去的人一样，并没有去到另外一个世界，我永远不会再有与他交谈的机会，无论我活着，还是我死。而我从此就要进入永远也没有他的生活，这对我来说，是最残酷的事情。我也只能忍受。

父亲不在了，他的生命转化为他留下的作品，大家对他的记忆，乃至我自己今后的人生。父亲写了五十五年的诗，但我认为只是到了他一生中的最后几年里，他才真正找到了一种方式，把他生命中最重要的一部分完整地记录下来，这是单独为他所有的方式，也是非常完美的方式。每一个字都是推敲得来，要像读古诗那样细细品味。他把作为一个人与这世界的关系放入诗中“我”与“你”的关系里了；在他与世界的关系中，他把他这方面所能提供的都提供了，虽然他没有来得及等到从这个世界传来他所期待着的那种回音。这就是收入他的两部诗集《一个花荫中的女人》（一九九二）和《寻人记》（一九九四）中从《雨季情诗》到《远方梦》这六组诗。从这里可以看出他在现实中是怎么地幻想，他的幻想又是怎样一次次地破灭。而此后那由一百首诗组成的《寻人记》，则是以诗的形式追忆逝水年华，他的一生在此已经交待完毕。父亲说：《寻人记》“是我一生中最重要的作品”。他患病之后主要做的一件事就是完成了这组诗，当时我们俩都多少松了一口气。最后的两个月里，他收到重庆出版社傅天琳寄来的《寻人记》样书，这对他是一种慰藉罢。我想父亲作为一个诗人，他是完成了的。去世前二十四天他突然大量呕血，抢救过来，他说还要写一组诗，总题目叫作“无限江山”，题词用李后主的“无限江山，别时容易见时难”。已不能执笔，口述由我笔录。记得一盏昏黄的灯照着他，病房里只有我们两个人，窗外是黑暗的夜，他的声音艰难有如挣扎，断断续续。这组诗没有完成，最后一首《松花江夕照》是写在去世前两天。在这里他表达了对逝去的生命的无限依恋，此外我还隐约感到作为一个诗人他对自己的才华是有充分自信的。

父亲活着，他是一切都要“好”的；他真正把写诗当成一种艺术，所以在一生中不断对此加以研究。最后十几年里他一直都在准备写一部题为“写诗论”的书，他说关于新诗还没有这么一本书，而且对读者和写诗的人都能有些用处。一九九三年一月他给我来信就说过：“一切观点都较稳定，是写这本书的时候了。可以自成一个体系。”这是父亲一生中打算做的最主要的事情之一，但到底没有做出来，我想还是因为缺乏鼓励的缘故。他去世了，他的苦乐荣辱都随之而去，只有这一点在我心里永远是个不可弥补的残缺。去世前一个半月，他最终拟定了目录，就没有气力动笔了。从前他说要写三十万字，这回减为二十万字，后来又说有十几万字也就够了，最后他打算口述给我各章节的要点，以后争取由我敷衍成篇，可就是这个也没有能够实行。我们都一天天地感到生命是一天天地在离开他。有一天他突然哭着对我说，《写诗论》是写不出来了。……我由此知道所谓人生就是尽可能在生命结束那一刻减少一些遗憾：对自己的遗憾，对别人的遗憾，还有别人对你的遗憾。

一九九五年一月十二日

最后的日子

那片雾散尽了

冬天真的来了

这是我父亲沙鸥先生得知自己罹患肝癌两个月后写的一首题为《夜航》的诗中的两句。那是九月份，当然不是写实的；“冬天”一词是他对自己生命的真切感受。父亲一生中最后的日子就这样突然来到了。他的病发现时已经是晚期，医生说过只能再活两三个月。姐姐和我把他接到北京，其实我们（包括他自己在内）所做的也只是把这段时间尽量延长一点而已。我就是学医出身，至少对我来说，“死”始终是在心上笼罩不散的阴影。这样过了一年多，病势终于恶化了。他自己最后一次去看病，我坐在桌子的另一端，忽然从他的眼睛里看见一种被什么所惊扰的神情，当时我想如果真有死神的话，那它就站在我父亲的对面。那眼神是莫名的，也是无辜的——人的生命在巨大的“死”面前，仿佛是在“动物世界”里看到过的被猎豹扑倒的一只幼鹿。我明白这回我真的要永远失去我的父亲了。无论我们再做什么，也是没有用了。父亲自己也感到了这一点，他对我说："我想这个病可能最后会很疼的，还是有点事情做好，可以分散注意力。"就在那时他重新修订了几个月前草拟的《写诗论》目录，这本书他酝酿了十几年，一直没有动笔，这回他下决心写了。这是他一生都想做的事情，我知道他也是觉得再不做就不再有机会做了。我们想出几种抓紧时间做成这件事的办法，然而他再没有力气拿笔，甚至没有力气口述给我了，一切都已经太晚了。他的死来得太快，太决绝，就连这个最后的机会也没有给他。

父亲去世前一个月诗人梁上泉来探望他，问到病情，他说："不行了，反正谁也违抗不了自然规律，去就去罢!"他也曾对我说过"没有什么"之类的话。但是他去世后我想，虽然人无不死，"死"对人人其实并不相同，因为不同的人对"生"有不同的感受。这样的说法未免自私，我是觉得对于父亲来说，面临生命永远结束那一刻可能就更难一些；关于他我总想到张岱的《自为墓志铭》，父亲这个人实在太爱生活了，而且这是一种对日常生活本身的美学意义上的热爱。对此我曾写过这样的话："父亲活着，他是一切都要'好'的……"后来我参加了黑龙江作协举行的追悼他的座谈会，很多人都讲到曾被他招待饭食，说那真是美好的回忆。父亲会做菜，到了专门成家的程度；他也爱吃。他病情恶化后几乎不能进食，在床头放着的是几本谭家菜、四川菜的菜谱，这差不多是他最后的读物。这也是只有他才能体会到的乐趣。他曾经以很难想象的毅力与疾病搏斗，他最后的一年半差不多都是在一次次化疗、因化疗而引起的发烧和一碗接一碗地喝汤药的日子里度过的，大概支撑他的也就是这点生意罢。在他病中写的《从〈故乡〉到〈寻人记〉》一文中说："我渴望着我的生命中还会有一个春天。"然而这生的渴望不能实现。他生命的最后几天，在医院里晚上都是靠吃安眠药入睡的，——让他这样的人在黑暗中去冥想即将来临的永恒的黑暗，真是太残酷了。

父亲是个喜欢热闹的人。我在他生前为他的《失恋者》写的序中说："他也还不能算是那种'自我关注者'，若拿入世出世来界定，恐怕还是当归入入世一派罢。"但是虽然早知道了这一点，我也不能不沉重地回想起他最后在家里养病的这段日子实在是很寂寞。他不断地给各地的亲友写信，如果接到回信对他来说就非常愉快。有朋友来访也是如此。他最后来往最密切的是中国社科院专门从事新诗版本研究的刘福春，父亲对他甘于淡泊的敬业精神极表欣赏，很喜欢和他交谈。有一次他说要来而不知为什么没来，父亲一次次到大门外去等候，直到天黑下来才回到家里。他很喜欢看电视，我当时曾埋怨这未免浪费时间，因为知道他时间已经不多，应该用这时间多写点什么，但是他最后一年写的组诗《哑弦》就是取材于所看的电视内容，只是他在诗中把原始素材都隐去了。对于病卧家中的父亲来说，电视大约是他与他所关注的世界一声一息的最后联系罢。他在病中还为从前写的爱情组诗《给你》、《寄远方》、《梦的画像》和《远方梦》写了续篇，那些诗写得特别哀婉凄艳，而且真实细腻地描述了他当时的种种境况，包括对自己病情的体验，但都是只写了几首就中止了。父亲为他的诗集取名《失恋者》，记得当时曾有朋友表示异议，其实“失恋者”最是可以代表他一生的了，无论对他爱过的人，还是对他爱过的这个世界来说，最终他都是一个失恋者。在最后的日子里，他的爱失去了对象，他的生命也就完结了；只留下这些绝唱般的诗篇。想起这一层我很感悲悯，同时也觉得无奈。我只是想无论是某一个人，还是他曾经生存过的这个世界，对待他，对待他的感情，如果能稍稍留心一点儿，他大概也就好一点儿；然而这是困难的，或者竟是不可能的，至少直到他瞑目的时候也没有遇到。他过去的朋友徐迟曾在文章中说过“我痛苦地悼念的沙鸥是一个一生完整的沙鸥，他被我们不公平地冷淡过，不，简直是遗弃过”的话，我很感激到底有人说了，但这样的话也让我很难过。

父亲是这样的诗人：他写诗，同时他还研究他以及别人如何写诗，这两方面他都花了太大的精力——换个人，比方说我，这个精力恐怕或是没想到要花，或是想到了而不舍得花。我对此这样写过：“他一生差不多只是做写诗这一件事，而这件事在我看来他是做好了的。”直到病情恶化以后，谈到诗他还对我说：“真奇怪，我的脑子一点也没有坏。”去世前一天我与他切磋他的诗选的篇目，决定取舍时他还是表现出一种对诗的本质上的理解。他始终能很清楚地分别什么是诗，什么不是诗；什么是好诗，什么是不好的诗，而他对好诗之所以好总有非常准确细微的把握，这是我对作为诗人的父亲最感钦佩的。父亲去世后我对亚非兄说过父亲对诗的体会和研究乃是绝学，父亲的《写诗论》没写出来，大概也就没人能写。《庄子》里常说人把一项技艺做到极致那就是道，父亲写诗可以说是得了道了。或者要嫌我这话是夸张，我还是要说别人大概不花他那个无时无处不想的功夫。他在医院里做化疗那么难受还在写诗，病房夜里关灯，他摸黑写下草稿，次日看见字都叠在字上。最后病危了还口述组诗《无限江山》让我记录，白天我不在他就一遍遍背诵以免忘记，给我念的时候常常哽咽落下眼泪。当时在朝阳门医院那个简陋的病房里，我看着他人已瘦得脱形了，我知道他的一生就这样要结束了，我就想，您这到底是为了什么呢。父亲生前我总是督促他写作，因为爱惜如此才华；他去世以后我体会着他那已永远逝去的生命，我又觉得或许这才是最可关怀的，虽然才华也是生命的一部分，当生命结束，才华就是生命唯一的延续。生命与生命的创造，到底哪一个更重要呢，这问题现在我也不能回答。

父亲在患病的一年半的时间里，做了很多事情：写了回顾他后半生写诗历程的《从〈故乡〉到〈寻人记〉》、《从八行诗到“新体”》两篇文章，还坐在我们的小院里给亚非兄认真讲了十来天的诗（后来整理为《夏日谈诗》），此外还花很多精力探讨有关山水诗的问题，他要“给山水诗做个界定”，因为据他看来很多号称是山水诗的其实并不真是，于是写了《关于山水诗的提纲》，这是他几十年研究这一题目的扼要总结。他以这思路编定了最后一本诗集《沙鸥山水诗》。直到住院前都在想办法出版，甚至还为它拟了份“广告”，但是始终没有机会，这稿子现在还在家里放着。他又受到诗人陆伟然“诗的现代性表现在体现人的内心的丰富性”的说法的启发，写出他的重要论文《关于主体外化》，他晚年对于诗的系统思考在这里基本完成了。

但是所有这一切并没有如他所期待的那样，能有什么反响，——至少他自己没看见。他这一生一扬一抑，前后差不多分为两截；从某种意义上讲，扬与抑都是悲剧。对此亚非兄在给他的一封信里有番话说得很好：

“当年您用别人的思想写诗时，您享有盛名，因为那个时代虚假的诗的狂热。今天，您用自己的思想、自己的形式来写诗时，却没有回声，因为这个时代对诗的冷漠。”

在我回顾父亲最后的日子的时候，我想起他为诗集《寻人记》写的后记里说的话：“在医治过程中，我反复思索了我的一生。”他都思索了什么呢？在《华夏诗报》发表的通信里谈到类似话题他引用过自己病中的一首诗：

走了一生的路
没有走在路上

一张张的你

叠成一块黑

无星无月的夜呵

山道

窄巷

桥头

我以竹杖代眼

寻觅得好苦

柠檬干了

剩下的皮扔了

这是组诗《寻人记》的第九十四首。父亲去世后安贵兄曾在他编的报上重新发表以为悼念，这首诗确是最足以概括他的一生。但其实不仅是这一首，全部一百首《寻人记》都体现了他对自己的一生和对历史、时代、社会的思索。亚非兄曾对我说《寻人记》不应该看作爱情诗，我则认为爱情在这里只是一种契机，更重要的是由此引申出的东西。或者用父亲自己的话说："'寻人'表现的是一种追求，和在追求中的失落。这是我自己对爱情、对生活、对人生的体验。”《寻人记》是父亲整整一生深切体验的结果，但是它绝不仅仅是关于他个人的作品。这是一部漫长的心灵史，而真正的主人公就是“失落”——在每一首中它以不同的色调、在不同的场景中出现，最终构筑了一个可以完整概括我们这个历史与时代的精神形象。亚非兄曾说我父亲并不以形而上的思考见长，但我觉得，《寻人记》里真正有他自己的哲学。即使放在整个中国新诗史上，我想《寻人记》也是杰作。组诗的最后五分之一是在病中写的，这是他最后这段日子里做的最重要的一件事，而作者对“死”的感受更加强了整部作品的悲剧背景，我简直可以说它是有一种面临毁灭的美，一种死亡的美。不知为什么，我并不是读到最后这部分才有这个感觉，从他开始写《寻人记》时我就隐隐觉得这里有一种不祥的气息。记得那时就请求父亲专门抄录给我，我第一次想到要保留他的一份手泽，也许我是觉得父亲老了。《寻人记》写到最后，正好我从南昌出差回来，我告诉他有一天我走在街上，手里提的装着刚买的书的塑料袋忽然自己裂缝了，书都掉在地上。他就说这下《寻人记》有了结尾了，他用这样一个意象归结整个组诗，这是一个极其悲哀的文化沦亡的意象。

父亲去世后，有一天我一个人回想他的一生，我想那像是一条远方流来的河，从竹林与黄桷树荫蔽的地方，从石板桥与黄泥路，从炊烟、蝉鸣与阳光里，那么一个迷蒙的所在，流涌而来的一条大河。我就坐在河边，静静地倾听。我自己也是中年的人了，我拿自己已有的生涯与父亲的相对照，觉得他一生真是过得很长呵，虽然他只活了七十二岁。他最后的日子是和我们在一起度过的，对我来说，这是有记忆以来最长的一次。然而说实话父亲给我留下的也是一个复杂难言的印象。他曾在很多诗中描写过自己，如：

好多年，我悲哀地
在人世的窗前踟蹰

——《静静的夜》

干涸与昏热
我受辱的两眼
　　冰封的水塘
谁来清点我的足迹

——《三月雨》

我跋涉

　　　从少年到老年

沿途埋葬着

我的梦与悲哀

——《寻人记·第四十二首》

父亲的一生坎坷太多，最后我眼里的父亲虽然精神还是达观，还在孜孜不倦地写他的诗，但不知为什么，我总是从他身上感到他所说的“受辱”与“悲哀”，我有时想他差不多是被他遭遇的种种不幸给压倒了。这是我感到更悲哀的。在我心灵的更深处父亲不应该是这样的形象。只有在他最后的《无限江山》里才表现出原来他对自己也那么有自豪感，这是从来没有流露过的；他对自己的一生所不满意的也只是没有得到理解而已。一个人与一个人的遭遇毕竟是两回事，作为诗人本身他并无遗憾。他去世后，在八宝山公墓为他举行遗体告别仪式，我最后看一眼父亲，看见他安详地躺在那儿，仿佛沉思的样子，我忽然发现他身上有一种尊严、一种气魄，我觉得他真是傲视人间。

一九九六年十月二十日

《沙鸥诗选》编后记

去年十二月二十五日，承蒙诗人邵燕祥转达香港诗人犁青有策划出版《沙鸥诗选》的雅意，我即赶往医院报告，那是在先父辞世前四天。他的神志一直很清楚，连声说谢谢了；此外我们还有机会商量本书怎么一个编法，以及取舍的标准。关于后者，他嘱咐说，特别要看有无意境，以及语言美不美。这也正是他多年写诗一贯的追求。直到他病故的头一天晚上，我还与他推敲《手语》这一组诗的删存，他已非常衰弱，我一首首读给他听，他只点头曰是，摇头曰否，间或很简单地说一两个字。当时只希望多知道一点他的意见，没想到这就是我们最后在一起说的话了。

先父的诗作很多，生前结集出版的就有三十一种，至于散见于各报刊和未曾发表的更是数倍于此，要给他编一部诗选，可以有好多种编法，现在这一本是旨在反映他诗歌艺术的最高水平，也就是说，求好而不求全。分成爱情诗、山水诗和其他三类，每类依时间先后顺序，且各分为八行体诗和他称之为

“新体”的现代诗两部分，这样兼顾内容、写作时间与体裁三项，共得六卷。此外还有一个“附集”，可见早年的方言诗之一斑。每首诗取舍几乎都经过我与亚非兄的反复讨论，这本书编选过程中得到他的帮助最多。

出版一部有点分量的诗选乃是先父多年的心愿。从前他给我写信就曾多次谈及此事。他晚年编定的几本诗集，包括已出版的《情诗》、《一个花荫中的女人》、《寻人记》和《失恋者》，还有尚未来得及出版的《沙鸥山水诗》，都具有分类诗选的性质。这部诗选即是基本以此为基础再加精选。可以说这件事他自己早已开始做了，现在我们只是沿着这个方向把它做完。

先父活了七十二岁，诗就写了五十五年，病重期间还完成了他最重要的作品《寻人记》，他一生差不多只是做写诗这一件事，而这件事在我看来他是做好了的。他不仅几十年间经常让自己处于写诗的最佳状态，从而真正做到诗思有如泉涌，永不枯竭，还不断对此加以研求，譬如他的八行体诗得力于唐人绝句，“新体诗”获益于西方现代的意象派和超现实主义派，以及元明清的散曲，这都是他下苦功夫的结果。特别是晚年，写作精益求精，真有如古人之所谓“吟安一个字，捻断数茎须”。我看见他每有新作，先写在随身带的小本子上，逐句修改，抄到大本子上，再修改，然后抄到稿纸上；以后若出书，再作修改，直到最后还要在校样上改正。按他的说法就是“随意写诗，刻意改诗”。他酝酿多年的《写诗论》中拟辟有专章讨论如何改诗的问题，即以自己的多次改稿为例，可惜这本书没有能写出来。他提出的“诗，表现诗人的人生体验和审美情趣”和“一首好诗应具有七个要素，即：立意深、构思巧、形象美、感情真、意境浓、语言新、手法奇”等观点，都是由他自己多年创作总结出来。为了诗他真可以说是尽心竭力，死而后已。至于他的诗在中国新诗史上取得了怎样一个成就，有待以后论家的评说，用不着我在这里饶舌了。

先父曾在一篇文章里说：“我把写诗作为我毕生事业，是因为我有话要说，有感情要流露，而诗，是最适合。我在诗中可以实现我自己的价值。”病危时，士行兄来医院探望，问他：“您一生中最高兴的一件事是什么？”他想了想回答道：“出版第一本诗集。”他所有的幸福皆由写诗而来，而他的不幸说来亦与此相关，在他身后能有一册诗选行世，实在是很可忻幸的。为此，对于玉成此事的诸位，我再一次致以谢意。特别感到安慰的是，这件好事先父在离开这个世界之前知道了，他因此而高兴，这对他来说真是人间所有的最大的慈悲。

一九九五年三月二日

《槢下随笔》书后

这几年我在《黑龙江日报》副刊上发表的小文章，再加上些别的，编成一本书，由中国对外翻译出版公司出版了；这个时候，我父亲沙鸥先生辞世已经整整半年。——我把这样两件事情放到一起说，因为它们是有关系的。当初一智兄是向他约稿，他把约稿信转给我，叫我写。我的第一篇随笔就是这么写出来的。以后陆续地写，承蒙日报和一智兄的厚爱，陆续地登出来，我把剪报寄给父亲看，他就一再来信鼓励我多写，将来争取出本书。可那时我劲头儿总不太足；就是现在我也想文章其实是可以不写的，自己花时间写文章而不去读现成的好文章，别人又花时间读你的文章，这是否值得真是一个特别重要的问题。所以几年过去还只是那么一丁点儿，就像《诗经》说的："终朝采绿，不盈一匊。"虽然父亲总是督促我写。

后来突然得知父亲患了绝症，我好像受了棒喝，我想我真的应该赶紧有点作为，不然他就看不见了，那么他就会对我感到失望，过去的很多年里他真的是对我寄予了很大希望的。在他最后一年的那个夏秋之际我写了很多；说来好久我不曾这样用功，由于我的疏懒与散淡，荒废的时间是太多了。我每写成一篇文章就送给父亲看，我看见他是很高兴的。也正是在这个时候，他的病情越来越重。随笔集编好后我正好要出差去，就把书稿留下，请他再看一遍。我回来时他告诉我，他已一行行地数过了，距离出版社要求的字数还差若干，应该再补写一点。现在我想这样的事情也只有他老人家会替我做，父亲不在了，在我今后的人生中也就不可再得。父亲病危时我对他说，您怎么也要等到我的书印出来，不然我做这件事还有什么意义呢。他去世后我也想过，等拿到样书我会呈一册到八宝山公墓他的灵前，但我也知道这是没有什么用的。父亲曾经说过对我的将来他是放心的，可这句话里就有太多的遗憾：他看不见我的将来了。父亲不在了，我感到特别寂寞，这寂寞令我窒息，很多应该和他说的话也只能说给自己听听。人生如果可以形容是出戏的话，它至少是要演给一个人看的，父亲去世以后我才明白这一点，可我的戏还得演下去。记得将近二十年前我与他在汉口见面，那时我还很喜欢李清照，从《全宋词》里抄出《漱玉词》成一小册，其中有断句云“何况人间父子情”，现在我知道那个意思了。我也常常体会“人间”这到底是个什么词呢，的确人世间的很多事情只有放到特定的人与人之间才有它特别的意义，这大概也就是《圣经》开头说的“要有光，就有了光”的那种光罢。

在文学方面，父亲教导过我多年。但是在他生前我从未著文谈过此事，这一是因为我学而无成，二是我怕人言可畏，反倒对他构成伤害。我在一九八一年以前写的诗差不多逐首都经过他的修改，我只是在我的诗集后记里隐晦地写了一句“我起初写诗可以说得自家学”的话。现在我要想公开说出我的感激之情也已经晚了。父亲病危前我刚刚写完《杨绛散文选集》的序言，他非常衰弱，可还是坚持着把这篇一万五千字的文章看了两遍，并给我指出写错了的字，这是他最后读的东西。他去世前一天，我去医院他还记得叮嘱我抓紧把与出版社订的合同签好寄出，那时他说话都很艰难了。住院期间士行兄来看他，他说：“今年方晴都是好事。”家姐在场，觉得他以笔名称呼我总有点儿别扭，我想“人之将死，其言也善”，垂危的他是在夸张地表示父亲的高兴罢。世界总是具体的：具体的人，具体的事情。作为父亲的世界的一部分，我尽量实现一点他的希望，既然他有这个希望，这样这个世界对他来说就显得好一点儿，只是时间不够了。现在我的书终于出版，可惜最想看到它的那个人看不到它了。

一九九五年六月十八日

无题

父亲去世已经整整七年了。过去每逢祭日，我都要去八宝山为他扫墓，今天早晨偶有杂事，给耽误了。下午独自坐在桌前，打算写点东西以为纪念，但又不知从何入手，甚至连题目也想不妥当。父亲去世以后，我始终没有写出像样的纪念文章。我觉得人的情感，难得表达得恰到好处。常常看见报上此类文章，虚夸而不实在，简直不堪卒读。我相信不是装假，只是写坏了，非徒置自己于可笑境地，亦不无亵渎故者之嫌。所以轻易下笔不得。这方面佳作不是没有，譬如川端康成的《临终的眼》，真当得起“文情并茂”的话；对我来说，这样的文章，一生哪怕能够写出一篇也好。

父亲去世后，我为他编辑出版了《沙鸥诗选》和《沙鸥谈诗》，他一生的主要作品均已收录在内。假如父亲地下有知，他会认为这是纪念他的最好方式，——我说“假如”，因为事实上并没有这回事，我只是揣摩他的心思罢了；但是假如真有这个“假如”，我不知道此足以告慰故人，抑或不足以告慰故人。两本书无声无息出现在书店里，一段时间过后，又无声无息地在书店里消失了。我当初急于出版它们，为的不致失传；然而尘封于图书馆或资料室的书架，算是传还是不传呢。偶尔还有人向我提起父亲；可是总的来说，他好像已经从阅读领域隐退了。父亲是诗人，而一个诗人的悲哀，大概莫过于此。对此我也只有无奈而已。至于父亲，前已言明，故者无知，——或许该说幸而这样罢。

说来我编辑出版父亲的著作，毕竟还是旧时文人“藏之名山，传之后世”的习惯思维方式使然。我期冀借助这些文本，有朝一日父亲会被读者重新发现。然而这种情况，只有在过去才可能发生，——那时读物总量无多，读者意犹未尽，偶尔想到该检点一下还有什么遗漏，最恰当的形容就是“未妨拍桌拾芝麻”。现在是信息爆炸时代，大家面向未来，应接不暇，谁还去管从前有什么东西埋藏在什么山里呢。此举之徒劳无功，可想而知矣。然而我所能做的也只有这件事，勉强地讲，是乃知其不可而为之也。

我上来就讲写不成文章；现在写了几百字，一看果然不行，像是一味抱怨似的。的确我曾经想，父亲直到生命最后一刻都在追求如何把诗写得完美，恐怕也是明珠暗投。然而这番心思，已经淡去许多了。现在我写这篇文章，与其说纪念父亲，不如说要对我自己有关父亲生前故后际遇的不平做一了结。父亲已经亡故，所留下的作品属于仍然存在的世界，而他本人不复是这世界的一分子；读者看也好，不看也好，与他了无干系。——对于这虚拟的“读者”而言，无论父亲，还是我，已经做了所能做的全部事情。

这里谈到读者，然而我真正能够了解的，只是身为读者之一的自己罢了；至于所谓“读者群”到底是怎么回事，可以说始终不大明白。我们常形容某个人“以管窥天”，其实群体视野往往比个人视野更为狭隘。那么作家及其作品在这一群体视野中呈现与否，无疑都是正常现象。我们不妨想开一些，说是一种缘分好了。文学史上呈现于群体视野的作家，确有不少完整地保持了自我，所以我并不一概认为这是媚俗的结果；但是它未始不会成为媚俗的动机。对于我们来说，结果不可预测，动机却在掌握之中。其间高下之分，恐怕即在于此。

反观父亲的一生，解决这一问题实非易事。我觉得世间惟一可以诱惑作为诗人的父亲的，也许就是“读者”了；虽然很长一段时间，这仅仅是他的一个念头而已。父亲曾长期陷入矛盾之中：既不肯轻易放弃自我，又努力争取读者注目。他浪费了太多时间去寻找那个临界点，终于有一天明白过来，其间并无可以调和之处。父亲从未拒绝读者；是作为群体的读者拒绝了他，把他推向一个完全属于自我同时也完全属于诗的世界。如果不是这样，我甚至担心他能否把持得住。这时他已经老了，所以也就没有挽回的余地。写《一个花荫中的女人》和《寻人记》时，父亲可能真的走上了一条孤绝之路。他因此而变得纯粹。父亲一生所追求的，在最后时刻实现了；也许为此付出了代价，——然而那是什么呢，如前所述，只是本来就不存在的幻影罢了。我在这里讲述的，是一个曾经生活在这世界上的人如何把握自己的故事；对父亲来说，他放弃了虚幻的东西，抓住了实在的东西。

二〇〇一年十二月二十九日

记若影师

若影师去世已经整整十年了。十年来我总想为他写篇文章，但总也写不成。这是因为他生前不为人所知，死后也不为人所知，就是现在我写他也写不出很多应该为人所知的东西，可以说他的生平没有什么特别的事迹。他只是给我留下几十封谈诗的信和一百多首旧体诗。关于诗他没有什么惊人之见，但很切实，很精当，都是非常内行的话；他的诗风格清丽俊逸，非把唐人数十名家之作尽皆烂熟于胸不能做出来，而又自成一格，造诣相当地深。关于若影师我想介绍的主要也就是这些了。我从来没有和他讨论过人生，也没有询问过他多年的际遇；我只是由我的所知去体会他的才华，但我体会他的才华绝不会只限于我的所知，有很多东西可以说在他一生中都没有表现出来；我不知道这个怎么写法。

我最初见到若影师时，他已年近七十。住在重庆南岸的山上，文峰塔畔，去他家要爬九百多步石级。一幢小楼，常在云雾之中。他面貌清癯，眼睛很有神，说得上有仙人之姿，身量不甚高，嗓音稍哑。记得他指给我看窗外他手植的一株桉树，郁郁蓊蓊，已经高过楼顶了。那次我在他家看见一把扇子，上面有他自己写的一首题为《山居记事》的绝句："古木荒村涧水边，归来独坐听流泉。灯前莫卜他生事，且伴瓮头枕月眠。"以后我们通过好几年的信，我就诗的问题向他求教，他认认真真地把他所知道的告诉给我，直到病重不能再动笔写字为止。

先父去世前一年曾经写过《哭若影》，其实把我现在想说的意思都说了：

从悠悠松林
走进南山森森云海
你不再回来

记得文峰塔下
你的小楼的窗
　　有一帧乡村风景

江岸的芦花

听浪、听风雨

一生没香艳过

冷烛一枝

守着

半函遗稿

这首诗的题下有一个小注："廖若影（一九〇七—一九八五），旧体诗人。"开始先父想用"隐士"的，确实若影师是隐了一生，他也真正是一位"士"，但我当时觉得隐士一词里有个意思与他和类似他这样的人并不大切合，所以建议不用。后来我想起《论语·尧曰》有"举逸民"一语，"逸民"这称呼现在不大通行了，我倒觉得用来概括若影师比隐士要恰当些。从来关于逸民的"逸"字有两种解释：一种说当如"轶"字讲，如何晏《论语集解》："逸民者，节行超逸也。"皇侃《论语义疏》："逸民者，谓民中节行超逸不拘于世者也。"《后汉书》有《逸民列传》，讲了野王二老以下十八人的故事，也是依这个意思，大概说来与隐士差不多；另一种说法是"逸"同"佚"，如朱熹《论语集注》："逸，遗逸。民者，无位之称。"

分别在于一是主动的，一是被动的；一是道的，一是儒的。我的理解是倾向于后者；或者也可以说，逸民是有遗佚的境遇而有超逸的精神，从根本上说他们还是有为的，是为境遇所拘束而又超越于境遇。正因为如此若影师才要写诗，才把诗写得那么好。他写诗从来不为社会所知，但他是那么认真地对待自己做的这件事，不断写信告诉我修改的情况，直到完美为止。他何以要如此呢，或许他面对的是一个比社会更高的价值尺度。形容逸民最恰当的是《孟子·公孙丑上》说的“遗佚而不怨”，或许还有《尽心上》中的“穷则独善其身”，我觉得这都是意思很苦的话。而“举逸民”则体现出孔子的一片温爱之心了。

逸民没有机会发出光来，但是他们有光；我们寻常看不见。所以我觉得能向若影师请教几年学问，是我今生今世幸运的事。既然有心要往“文”这道儿上走，那么有些我们知道的人总归有机会遇着，就像想要读的书总能读到一样；但认识若影师这样的人却是要有一种缘的，因为他不闻达。这是一部没有出版过的好书。十年来我想起若影师总觉得惋惜，“一生没香艳过”，就像先父写的那样；但是一个人死得让人惋惜，我们大概也可以说他是没有白白活了。

［附记］《论语·微子》里孔子讲过很多逸民的事，在他看来逸民的境况也不尽相同：伯夷、叔齐“不降其志，不辱其身”；柳下惠、少连“降志辱身”，但是“言中伦，行中虑”；虞仲、夷逸“隐居放言，身中清，废中权”，这里似乎是一个由儒而道的衍进过程。不管哪种类型，都是保持着一个属于自己的内心世界的。

一九九五年八月十八日

关于沙蕾

我曾经三次以文字的形式表达对已故诗人沙蕾的悼念，其中之一是在《如逝如歌》里：

渴望不死的歌手在镜子的另一面
开始唱关于死亡的歌

当然这更多是因他当年突然的死引起的惊诧，从前我还有一首《诗人之死》，是写在他死后十六天，写的全是对他的死的联想。他死了整整八年，我仍然觉得惘然若失，因为他走得实在太过突然。仿佛到现在我也没有这个思想准备。我们本来每周都通信的，有一回没信来了，我正等着，忽然接到一个电话，说他已经死了。他先是感冒，转成肺炎，有学生偶然去看望，发现人不行了，急忙送到医院，拍胸片一看，原来早患了肺癌，已扩散到满肺……终于不治而死。

我马上赶到他的住处，所谓“都无长物”、“块然一室”，正是这样；可是他的“室”乃是地下室。我没来过，早从他的言谈与信中知道。他死前不久有一封信里说：

“昨天地下室变成了地中海，一片汪洋，非穿高统套鞋不能涉渡，我的房门口因筑了个水泥的高门槛，所以室内进水较少。”

从前他给家父的信中也说过：

“我住‘地中海’（地下室）垂六载，已住出感情来了，如不想结婚，搬家就变成多此一举。像衣服是穿给别人看一样，住房子我想也是如此。”

我记得是非常逼仄而潮湿，墙上好像在淌水，到处都是他的诗稿和小幅的女人头像的铅笔画（他的画画得很传神），但也都是潮乎乎的，当时我有一个感觉，仿佛是大片在雨中凋谢的白色花朵围绕着他空空的床。大概这也正是一个诗人的活法；而他猝然离去，也正是一个诗人的死法罢。

我在为我的诗集写的后记里提到沙蕾，称他是一个“纯粹的诗人”。他活到七十四岁，我从一九八五年初认识他到第二年七月十五日他死，统共才一年半，我对他的了解实在非常之少，大概仅限于他的诗罢，所以现在写这篇小文章不能报告他的生平，但应该谈到他的诗。我觉得他写于四十年代的那些诗，可以说是完全独出心裁，无论在表现情感的深度上还是在对于美的追求上，都是新诗史上少有的杰作。沙蕾之为沙蕾，差不多就因为这些诗；这些诗别人很少写得出来，对于沙蕾来说也如此——他晚年虽然竭力要写出好诗，毕竟今非昔比。但他有这些诗，一生也就够了；对这一点他自己也知道，在给我的信中说过：

“我一直有这样的想法：我已写了不少可以流传的诗，对己对世，都可以交待了。”

可是这些仿佛天外来物似的好诗一直也就没有问世的机会，说是不合时宜或气候不对都可以，到一九八几年才在宁夏的一个不甚流行的刊物《新月》上以“诗十九首”和“诗十五首”为题刊出一部分，但也没有太多的反响，因为这时人们已经不怎么读诗了。新诗的不景气是个玉石俱焚的举动。沙蕾死得无声无息，好像他不曾活过；他生前把他最好的诗选编一册出版的愿望（在给我的信中多次提到此事）没有实现，而我在他房间里见到的那些诗稿以及画稿后来听说都被烧掉了——正是“落了片白茫茫大地真干净”。只能寄希望于什么时候有人能从尘封的旧杂志里发现他的诗，不用说这希望十分渺茫；但可以自慰的是：好在沙蕾这些诗对于真懂诗的人来说永远是动人心魄之作。

在我的诗中可能过多地强调了“死”，这是因为我想恐怕直到死的那一刻沙蕾也没有想到他会死。从前他在信里说：

“我因为身体很好，觉得自己还有好几十年好活，便没有紧迫感。”

他常常在晚饭后穿过整个城市到我家来，每次还带来一两块巧克力，我真觉得他是生意盎然。所以死对他来说就特别残酷。此种感觉后来在电视上看到萨尔瓦多·达利临死前被送进医院的镜头也产生过，因为我记得这个奄奄一息的人说过“我是一个不死的神仙”的话。那时我莫名地感到难过。我的诗里出现了“镜子”这个意象，因为生死之间最是不好说，勉强说来就好比一面镜子罢，你在这一面尽可以看见有关你的一切，可就是看不到背面是怎样的；等你到了背面又看不到这面了。我现在隔着生死来回想沙蕾，说什么好像都是“假作真时真亦假，无为有时有还无”了。

沙蕾曾经多次跟我谈过他想写一部长篇小说《十姊妹》。我说，十个姊妹总得有的幸福有的不幸罢，他很决然地说，不，十个都很幸福。他对人生真的这么想，他真的相信人间有幸福这件事，而且真的去追求。他在给我的信中说：

“‘十全十美的爱情，尽善尽美的作品’依然是我的牢不可破的信念。”

他也是拿着这个想法来看待文学作品，在另一封信中说：

“我所说的和谐，当然是包含差异的，同时他是反占有的，杀人是占有他人的生命，自杀是占有自己的生命，所以都不和谐。……文学作品是提高人的灵魂的，干吗要宣扬杀人与自杀呢？《白夜》也是悲剧，却有伟大的心灵，如果那青年把姑娘的情人枪杀，就不佳了。总之，人类已够迷误了，我们应悲天悯人，做一些拯救灵魂的工作；否则又何贵乎有文学作品啊！”

从这一点出发，我推荐的卡夫卡、博尔赫斯，还有陀思妥耶夫斯基的《卡拉马佐夫兄弟》，他都不喜欢；所喜欢的是陀氏的一篇《白夜》。我想要了解沙蕾就看《白夜》罢，他就是书里的那个“我”；《白夜》有副题曰“录自一个梦想者的回忆”，沙蕾也正是生活中的一个梦想者，他所希望的是在现实里能给《白夜》续写一个好的结局——他虽然喜欢这小说，但对那个结局显然是不满意的。

前不久与Morin谈到“梦想成真”，他说其实这句话是不对的，梦就是梦。是的，梦想若是成了真，人怎么活呢。沙蕾就是梦想了一生，他的诗也就是梦想的记录。《白夜》的主人公最后有一番话说：

“我的天！整整一分钟的幸福！难道这对人的一生来说还嫌短吗？……”

我不知道在沙蕾的一生中有没有过这样“一分钟的幸福”，但对一个梦想者来说，有与没有，他都是幸福的罢。

一九九四年八月七日

感逝篇

谷林先生去世前几个月，我没能去看他，除一直为脊柱病痛所苦——他最后一封来信中有“知道你‘艰于起坐’，殊不安。……老伴与你同病，竟日卧床，已约两年”之语；再就是想等我的《周作人传》出来，给他送去。先生恐已无力通读，但随便翻一下也好，哪怕只是看看模样呢。可是这书迟迟不能印成。及至样书到手，已经来不及了。十几年前父亲去世，我曾说：父亲不在了，我感到特别寂寞，这寂寞令我窒息，很多应该和他说的话也只能说给自己听听。人生若形容是出戏的话，它至少是要演给一个人看的，父亲去世以后我才明白这一点，可我的戏还得演下去。现在这样的话又要重说一遍，然而大概也是最后一遍——对我来说，今生今世怕再也没有这样一个人了。

谷林先生曾将他当年剪贴的一叠知堂《亦报》刊文赠我，并有题跋：“此时犹绿鬓少年，今则须眉皓然矣。止庵留之当能知余重视翁之笔墨非一朝一夕事也。零四年三月十三日柯记。”又赠我周氏手稿三篇，著作十几种，以及《艺文杂志》若干期。——他来信说：“四十年代的那套《艺文杂志》，我有一套（止于三卷一、二期合刊），不知你有用处否。近日取出来略翻目录一过，估计以后也不会再去看它，故很想贡献于你，他日见过，望能带走。《如梦记》是由此刊首先连载的。《希腊神话》则只乍露半面。”（二〇〇一年十二月十六日）这是他的“赠书帖”，其谦和如此。先生读书仔细，每每随手校订，写在书边。我整理《周作人自编文集》，于此获益颇丰。此外版本取舍、文字统一、标点规范等，也得到他详细指点。而《老虎桥杂诗》一种，更赖他当初据周氏出借孙伏园的手稿录下复本，才得以完整保存，首次印行。我们见面，谈论这一话题最多。我曾提到想写“读周杂记”，他说：“前信中提到好几种写作的打算，我都很有兴会，首先是读周杂记，这个题目就好，当时就想借用，因为闲翻此老资料，每有点儿触动，或可写出几节数百字的劄记来。”（一九九七年十月二十四日）以后又说：“很想能把‘读周杂记’真的记下来，例如《知堂杂诗抄》为何把李和儿卖炒栗列在卷首；许宝骙挺身而出，自述曾作说客，力劝知堂下水；此等事迹似皆不宜置而不谈。”（一九九七年十二月十七日）后来发表的《读许宝骙》等十来篇，大概即在“读周杂记”之列，另有未刊稿《德不孤，必有邻》尚存我处，《答客问》和《书简三叠》中亦略有申说。这里不能详细介绍，只指出一点，有论者称：“尽管他偏嗜知堂文章，然而对其人似乎并非没有保留，答第三十二问周作人散文观感时心态大有意味，引述旁人的称赞居多，自己的评价则欠鲜明，最末以一句‘不必多说’打发了事，看来谷林玩物并不流于丧‘道’。”其实那里写得明明白白，绝非“打发了事”。先生来信有云：“你说到×××的文章，我似不曾寓目，也许看过又忘掉了。”（二〇〇五年四月十八日）这使我想到孔子所说：“人不知而不愠，不亦君子乎。”

这些天我把谷林先生的几种著作找出来重读，但是看到《答客问》里有一节说：“至于我，写作的时间很短，在‘文化大革命’结束之后的七十年代末方才开始，写作的数量更少，要从这样的短与少中去考查我这个人，考查所得也只能是微乎其微吧。”不觉惘然。先生文章可以传世，其待人接物惟二三子约略知悉，而这又恰恰是难以言说的。大概还以陈原《无题》讲得最好：“……这人也是宁静的，淡泊的，与世无争的，绝不苟且的，诚恳到无法形容的。”我曾说自己对先生的印象也是如此，而且减少一句则不完全，增添一句又嫌辞费。废名有云，“我们常不免是抒情的，知堂先生总是合礼”，陈原所说，归根结底亦即“合礼”；然而谷林先生却仿佛天性如此。废名尝以《庄子》“鹄不日浴而白，乌不日黔而黑”加以说明，吾今于谷林先生亦云然。前些天有记者采访，我说先生是一位躬行君子，一位蔼然仁者，一位纯粹极了的读书人。这说法本诸《论语》，他的确很像那书里的人物，气象在孔门师徒之间。与“予岂好辩哉，予不得已也”的孟子，就没什么关系了。多年来谷林先生于我，如《论语》里颜渊所说“夫子循循然善诱人，博我以文，约我以礼”，盖虽常以文章之事请益，我所学者亦在做人。至于先生自己，则可另外借用《论语》里曾参所说：“君子以文会友，以友辅仁。”然而这些都是陈述事实，并非刻画形容。先生自谓：“我直到五十岁时在咸宁五七干校才通读《论语》的，仍没有细看注解，望文生义，不懂的地方没有著力，自以为懂得之处恐亦未必正确，至于别有会心，自更无从说起。”（一九九五年十二月五日）身体力行，胜于皓首穷经者也。谷林先生属于中国传统最好的一脉，然此亦时隐时现，他不在了，恐怕就断绝了。

谷林先生曾来信说：“我在‘后记’中先把书的读者按以前的印数估计为一万个，接着见到谢其章的估计则为一千个，我重又依他的估计改了，我觉得他的估计较妥当。”（二〇〇四年七月十六日）所指的是他的“读者群”。他那一辈作者中，有比他作品多的，却不及他文字精致；有比他声名大的，却不及他见解通达。这后一层尤为重要。先生来信说：“近数十年的运动文章，包括领袖人物的所谓重要讲话，一概是先有定论，然后举例发挥，与抒情散文虽小大不可比拟，其实是同一品位，盖独缺性灵也。”（一九九七年十二月二十七日）而他所受时代局限甚少，既不泥古，亦不趋时。假若但见辞章之美，或以小品目之，未免浅尝辄止，舍本求末。且举一例，一九九九年八月十七日来信论钱谦益事云：“柳如是劝钱投水，钱伸脚入水，嫌冷，遂弗死。这个故实，一向被当作笑谈，我似乎觉得也能理解。即证以柳如是并不因此轻牧翁，可见当作笑谈的人其实搞错了。我自己年届八旬，已不以死生为意，想牧翁亦该如此。盖柳氏以当觅死地，全臣节，牧翁固以为无可无不可，其襟怀较柳氏略高一头地也。”此即如其所说：“我们平常爱说‘通情达理’，能平平实实对待这四个字，这就很好——也许太好了。”（一九九六年八月二十六日）“情先于理，情移而后理入，此所以‘拈花微笑’为悟彻也。”（一九九七年四月十日）写到这里，我想起废名《我怎样读〈论语〉》里的话：“我生平常常有一种喜不自胜的感情，便是我亲自得见一位道德家，一位推己及人的君子，他真有识见，他从不欺人，……”觉得也可以借来一说我与谷林先生结识十几年有多幸运。

二〇〇九年一月三十日

“初冬的朝颜”

今年二月二日往访扬之水，携鹤西散文集《初冬的朝颜》归。本来上次就说要借给我的，一时忽然找不着了。我早知道这本书出版，不知怎么没有买到。记得从前读废名的《莫须有先生传》，其中提到“可爱的小朋友”，据说就是鹤西；废名还写过《跋〈落叶树〉》、《〈琴〉序》，也是关于鹤西之作；此外《骆驼草》里还收有他们两人的通信，所以我对鹤西这名字印象很深，但是他的文章却没有读过几篇。那天告辞出来，一路上边走边看。书的前半是《野菜集》，多数写在三十年代，笔意近乎古人作词，且是南宋婉约一脉，又有点儿像梁遇春，只是没有那般浓郁周折，安安静静一个少年书生样子，一字一句却都从锤炼得来。我想起废名在《谈新诗》中好像提起过这些文字，回家一查，果然有这样一段话：

“此外程鹤西有一本薄薄的散文集，是真正的新文学，几位诗人都爱好，都是二十六年（按即一九三七年）前的事，到现在无处出版，所以‘不薄今人爱古人’，这句话也很不容易了。”

关于散文，我尝有“诗文有别”一说，鹤西之作应该算是上品的散文诗，怪不得废名要说“几位诗人都爱好”呢，我觉得这里真是文心相通，不由得好生喜欢。此书出版在一九九七年，算来距作者写作已有六十年了，就是废名也是隔着整整半个世纪在那儿太息。“初冬的朝颜”，出自日本的俳句，或许乃是一点生意，一种慰藉，但到底还是悲哀的；犹如一说“但愿人长久”，一说“俟河之清，人寿几何”，难道我们真的当它是两回事么？

书的后半才是《初冬的朝颜》，大约皆为近年所作随笔。还是给我安安静静的感觉，但不复是当年安静的忧伤，而是老人安静而平和的深思了。据书中所写推算，鹤西当已年过九旬，没想到废名的“可爱的小朋友”这么老了。他也正写得非常好的老人文章，老而沉着，老而有趣，《追忆知堂老人》即为一例，末尾有云：

“虽然涉世以来，也不是没有看到前后（或一度）判若两人的人和事，但仔细思索之后，多少都还能追溯到一些主客观的轨迹。唯独他的失足在我始终是一个不解之谜。最后，在百思莫解之余，我想到的竟是美国梭罗的话，‘奢华与舒适成了人类走向崇高的真正障碍’。而先生的生活，似乎又还够不上奢华，于是这一猜想也就只可供我自警了。”

我这些年来于出版周氏著作稍稍用心，顺便也就关注他的生平，只是不敢妄谈研究，因为好多地方不能懂得，却又好像无法绕过去，所以一向也没写过什么。这回看见鹤西的话，眼前为之一亮，实在佩服他说得如此干净实在。遂想起《论语》里孔子讲“知之为知之，不知为不知”，本来意思已经完了，然而跟着他又找补一句“是知也”，敢是因为若没有“不知为不知”，“知之为知之”也就谈不上，所以要特地点明不成。孔子还说：“君子坦荡荡，小人长戚戚。”本是对己而言，然而对人正有如对己；不逾“知之”与“不知”的界限，则天下之事无一不可以胸怀坦荡地对待了。我想鹤西是担得起古风可存这句话了罢。

当时时光已晚，次日早上打电话给扬之水，想要鹤西的地址。“既见君子，云胡不喜”，这位君子还是智者，我须得写信去问一声好才是。她说鹤西一定回信，而且他是爱写长信的。末了还叮嘱一句，要联系就赶快啊，他可是都九十二了。又过一天我约一位朋友见面于“三联”，在三楼的咖啡厅里，匆匆写了一封短信，附带提到：我最心仪废名，从他的文字中早就熟悉您了，所以感觉很亲切。连同我的一本《如面谈》，一并麻烦她代我寄给鹤西。谁知晚上回到家里，母亲说扬之水来过电话：刚得到消息，鹤西在十天前已经去世。那一晚我良久不能入睡，把《初冬的朝颜》翻了又翻，觉得若有所失。可是我得到过什么呢；仿佛失之交臂，又仿佛连这也算不上。“初冬的朝颜”，不啻一个幻影。又想到“此情可待成追忆，只是当时已惘然”，我的心情也只是惘然而已。

一九九九年二月十五日

豆棚瓜架

王士禛有一句很美的诗："豆棚瓜架雨如丝。"这个境界我差不多可以说是年年都能体会到。我家虽在北京市内，却一直住着平房，门前窗外小有空地，可以种些瓜豆之类。即使有阳光透过叶隙一丝丝地照下来，我也会想起渔洋山人的诗句。后来我读清初艾衲居士的《豆棚闲话》和近人南星的《松堂集》，看到他们关于豆棚的详细描写，也觉得很亲切。当然棚架要用竹木草绳，我家所种规模太小，只横竖扯几根小线儿，若说成"豆棚瓜架"未免自夸，其意庶几近之而已。

我们种的也是扁豆。据《豆棚闲话》说：

"《食物志》云：扁豆二月下种，蔓生延缠，叶大如杯，圆而有尖；其花状如小蛾，有翅尾之形，其荚凡十余样，或长，或圆，或如猪耳，或如刀镰，或如龙爪，或如虎爪，种种不同。皆累累成枝，白露后结实繁衍。嫩时可充蔬食菜料，老则收子煮食。子有黑、白、赤、斑四色。"

我家所种只有如猪耳和刀镰的，花是白、紫二色。这与菜市场常见的并不一样，那乃是芸豆即四季豆，不知为什么也叫扁豆。这种真正的扁豆有些气味，入口质感稍粗。我们更看重的则是丝瓜，却也与市场上的不同。《辞海》上说丝瓜有普通丝瓜与棱角丝瓜两种，我们的是后一种："果有棱角，较短，种子黑色，表面有网纹，无狭翼状边缘。"此外可补充的是开黄花，一般五六瓣，有清香。《辞海》又讲这种丝瓜性喜高温潮湿，原产印度尼西亚，我国南方栽培较多。我家种丝瓜自我外祖母开始，她是江南人，不知是否从那边觅来种子。棱角丝瓜在北地恐怕不如普通丝瓜长得好，我们胡同里有人种那种丝瓜，看起来确实繁盛，但我家每年收获亦不算少，经常可以佐餐。这自然有赖于施肥浇水，但时时注意授粉亦很要紧，光是仰仗飞来飞去的蜜蜂是不够的。父亲在时最喜欢此项活计，常登凳子上下，摘下雄花（也叫谎花），把蕊上的花粉粘到雌花蕊上，这个瓜就能长成了。

七十年代初我家住着一间东房，夏天屋中闷热，父亲闲居在家，常坐在瓜豆荫凉里看书。有时也教我们兄弟姊妹写诗作文，我家仿佛如《红楼梦》所写是结了一个社似的，谁写了习作便聚在这里听父亲品评，我喜好文学即自此始。然而二十年过去，没有一人在这方面有所成就，说来父亲也是白费心了罢。

那时家中门庭冷落，常来访者只有文教授、朱老师、诗人高平等三数人。房间逼仄，也只能坐在我们的豆棚瓜架下与父亲闲谈。二外的文乃山教授是父亲当年在文学讲习所的同事；朱之强老师教过我哥哥小学，与我家往来迄今已三十余年；高平又名戈缨，人特忠厚实在。现在想来，这些都是尊贵的客人。来客常以家常便饭招待，其中少不了一碟自产的丝瓜，总是素烩，加点金钩，若以鸡汤调之则更佳，依然清香，其色碧绿如玉。

豆棚瓜架下还有两位客人不能不提：有名的围棋国手过旭初、过惕生兄弟，即“南刘北过”之过，通常称为大过老、二过老的。我哥哥曾拜他们为师，后来成了父亲的朋友，大过老和父亲还曾写诗唱和。看两位大师下棋常使我想起烂柯山的传说；古人描绘棋手又常用“从容”一词，他们正是有从容的风采，从容的行止。郑板桥有赠清初围棋四大家之一梁魏今的诗，说是：“坐我大树下，清风飘白髭。朗朗神仙人，闭息敛光仪。……”在我们这儿“大树”当改为那几棵瓜豆，而“白髭”亦可换作二老爱穿的白绸衣衫。还可以用一个“清”字形容他们，正是古人所谓清人、清士，我想令先祖过百龄以及棋圣范西屏等也当是这样的，现在的棋手若论棋力当然后来居上，但我看那模样总有些浊的感觉，见不到二位过老那份高洁；大概中国棋手古来风范如此，他们一下世，就断绝了。

去年冬天父亲也故去了。此前他在北京治了一年半的病，又吃到了家里自种的丝瓜。父亲是生意很重的人。前不久我收拾抽屉，发现一个包得严实的纸包，上面有他工工整整写的“丝瓜籽”三个字。这是父亲去年秋天收集的，是他为今年留的种子。

一九九五年八月二十二日

蝌蚪纪念

我一直觉得关于蝌蚪也应该写一篇文章。曾经是那么活生生的一个人，一个好人，又那么有才华，不能够就这样被忘记了，好像世界上压根儿不曾有过她似的。随着她死得越来越久（到如今已是八年多了），我这感觉就越来越强，但是说实话也仅仅是这样一个感觉而已，偶尔向朋友提及一下也就完了，关于她除了悼念的话我还能说什么呢。她的生平我有很多都不清楚（我甚至不清楚她是哪年出生的，问朋友则说法不一）；最后自杀的详情，因为恰恰在那前后有一段时间未曾联系，我也不了解；现在我就不能对我不知道的事情说什么话。而我知道的别人可能不知道的事情，比如我们私下里的一些交谈，别说没有什么，就是有什么我也不想把它当“新闻”发表出来。此外我也不想在这里发些玄虚空泛的议论。以上本是我写文章一贯遵守的规矩，但是现在要写蝌蚪却把自己逼到死胡同里去了。那么多少落实到一点实处，我想说说她曾经给过我的一个帮助：我唯一的中篇小说《喜剧作家》是经她推荐发表出来的。虽然我久已不写小说，写的时候也没有多大出息，但这点恩情我是一直感念着的；而且因为她突然的死我就没有机会向她当面表示，这使我总觉得愧疚和遗憾。也许是人到中年的关系，近年我常常想起以往人生路上给过我好处的人来，找机会在文章里提一下，秀才人情纸半张而已，但蝌蚪早已死了，我迟迟写在这里的话她也是不会知道的了。

此外关于蝌蚪我还想到她是一位小说家，不光是一个女人，一个朋友的妻子，一个自杀了的朋友。虽然创作生涯很短，但有好几篇作品在北京上海的杂志上刊载过，记得其中体现了一种绝望的温柔；此外还听说她有一部读佛经的札记没发表过，留在哪个朋友手里，——这些都应该花功夫替她收集一下子才是。今年因为妇女大会在这里召开的关系，很多女作家都出了书，有的多有重复，可是就没有人为死去的蝌蚪出一本书。人死了真是什么都没有了，连这样的机会也没有她的了。前几天我读楼老师两年前编的《当代散文潮流回顾》中女作家那卷，忽然看见有一篇蝌蚪的遗文《家·夜·太阳》，后边还附了周琳写的《蝌蚪》，我的感慨就很深。我想这是楼老师做人厚道的地方。厚道之于活人已属不易，之于故者就更难了，何况又是别人想不到要做的事，我简直是有些感激他了。周琳的文章写到蝌蚪，说："一天之间，这世界上就失去了一个最光彩的女人。"还说："美的形象、美的性格和死亡联系在一起时，是一种使人的心灵颤抖的美。"这其实都不是什么了不起的句子，但就使蝌蚪又活现在我眼前了，比有一次在街上见到一个长得很像她的人还能唤起我具体的回忆。在我的印象中，这个女人永远有一种疲惫的、憔悴的、不知所终的美。

从蝌蚪的作品里明显看出她受到玛格丽特·杜拉（当时是这样译法；终蝌蚪一生，大概只知道"杜拉"，而不知道"杜拉斯"）的影响，她也曾不止一次宣布最喜欢的作家就是杜拉。回想到她很自然地就要想起杜拉的小说，我也说不清是她像小说写的，还是小说写的像她。这些年来我每次读杜拉的小说也会联想到她，仿佛那是一条隐蔽的通往记忆或死亡的道路似的。而且我觉得她不只是其中的一个人物，那里面每一笔写的都是她，比如这样的话，就与她的生平有一种特别的契合：

"他孤独、漂亮，孤独得心力交瘁，孤独漂亮得犹如任何死亡在即的人。"（《蓝眼睛黑头发》）

"她说：我是一个作家。"（《蓝眼睛黑头发》）

"他被死神劈面骤然攫住。他的鲜血像河水那样潺潺而流，像时光那样渐渐消逝。鲜血像汗水那样地往外淌。"（《广

岛之恋》)

现在连她喜欢的杜拉也死了。杜拉的作品译介过来至今大概已有十种，其中以下四种是她没有来得及看见的:《抵挡太平洋的堤坝》、《痛苦》、《蓝眼睛黑头发》和《北方的中国情人》，我买到和阅读时都曾替她感到惋惜。或者要说你真是读书读得迂阔了，人死了什么都没有了，又岂止在少读几本书呢。但我确实是因此痛切地怀想此一故友，就像因为一场球赛而想到某某，因为一顿好饭而想到某某一样，正是这些具体的东西使我们不能忘怀他们，为他们无可挽回的死而难过。讲到杜拉，如果说我对她有一点不满意的话，那就是在她的笔下未免把爱情渲染得太过重要了，——我觉得这里面似乎就蕴藏着一个悲剧（这是否也是蝌蚪的悲剧呢）。蝌蚪是我唯一自杀而死的朋友，时间越过得久我越觉得她无论如何是不应该自杀的，就算活着只有痛苦，死了则是连痛苦也没有了的虚无，一切都毁了。望着书柜中码得整齐的一小排杜拉的著作，我为蝌蚪不能与它们共存在于天地之间而难过。那么喜欢杜拉的人，与杜拉笔下那么息息相关的人。

一九九五年十月三日

我的哥哥

《中国围棋史话》，一九八七年二月正式出版，小三十二开，正文一百零二页，作者署名见闻。这可以说是我出版的第一本书，但我向来没在文字与言谈中提到过，因为它其实不是我写的，写这书的是我哥哥，“见闻”也是他自拟的与他真名王建文谐音的笔名。这书出版前九年，他突然离家出走了，从此再也没有下落。他走的时候，稿子留在了出版社；几年以后，编辑忽然来联系此事，若说作者不在恐怕就有麻烦，只好由我顶替他出面应付。以后又要出，又不要出，几番周折，都是我算作作者经手办的，结果出版时我就成了作者。但我署了哥哥的笔名，这样这书就还是他的。

我父亲去年年底去世，他的老朋友巴波写的悼念他的文章中有一段“赘语”：

“诗人沙鸥走了！

“他还有一个非常聪慧的儿子东东，从‘文革’至今没有一点音讯，这是无可挽回的遗憾！希望这种日子不会再来！”

这是第一次有人清清楚楚地写到我哥哥的事情。这使我感动，同时也使我愧怍，因为作为手足我从来没有为他写点什么。我总觉得这是家事，不该拿来打扰不相识的读者，虽然这些年我一直想念着哥哥，常常梦见他。现在我也不想破了这个不说家事的例，但《中国围棋史话》的事可以一提，不管怎么说这是哥哥与世界发生的一次联系，或许是迄今唯一的联系，总归在他的生涯中做了这么一件事，不能埋没了。我不写也是因为怕惹母亲伤心，但哥哥曾经出版过一本书，这也该算是儿子奉献给母亲的一份光荣了罢。

七十年代初我哥哥拜国手过旭初、过惕生兄弟为师学习围棋。他十六岁下乡，后来病退回来，没有工作。学棋是为了能有一样谋生的本事。当时“谋生”的概念与现在多少有点儿不同，应该从这两个字原始的意义上去理解，即谋求生存。哥哥是很敏感的一个人，对于生存的问题尤其敏感，以后出走也是因为他觉得不能在原来的环境里生存下去了。有名家指点，他的棋艺果然颇有长进，但那时他已二十岁，到底学得太晚，前途还是渺茫的，所以就又想转到与围棋有关的文字工作上，曾经协助二过老总结下棋经验，又打算帮其完成施襄夏《凡遇要处总诀》的解说，不知为什么这两件事都没有做下去。后来他起念要写中国围棋的历史，当时这方面差不多还是空白，而黄俊著录历代弈手的《弈人传》尚未出版，后来我买着岳麓书社出的这书，就想若是哥哥早点见到可以省他好些力气了。他先从查阅史料入手，除一些笔记野史外，二十四史也认认真真地翻过一遍，现在家中有一套《南史》、《北史》是他留下的，书里还有他夹的纸条儿。哥哥文化水平不高，只有初中毕业，而且又是不好好念书的年月，连这个学历也要打一些折扣，看古书与写作对于他都是一件困难的事，但他到底是做成了。巴波给他下的考语是“非常聪慧”，我想从这一点看他也是担当得起这四个字的。当然说来写书这事也不能给他的人生足够鼓励，他走后九年书才印出来，实在也太迟了。

父亲去世前一年写过一首关于我哥哥的诗，收在《失恋者》里，写到恍惚在街上见到了他，以及很多年前在火炉旁和他一起玩掷骰子的游戏。这首诗题为《我的儿子》，是我的建议；不用别的篇名，因为我觉得哥哥还活着。那年他突然离家出走主要是因为绝望，但绝望而选择出走，说明他还有他的希望。我当他是一个漂泊天涯的游子；漂泊惯了，可能还不想回来。十七年了，对于游子来说或许太短，但对于企盼他回来的家人来说就太长，父亲已经去世，别的人老了，或者快要老了。哥哥的书出版好久了，他一定还没有看到，但这书印了三万册，没准儿还能有机会。我幻想有一天那个游子赶路倦了，走进一家小书店稍事休息，随便翻翻架上的读物，然后他就阖上书本，从此踏上回家的路程。

一九九五年九月八日

我的朋友过士行

士行兄是我交往了二十多年的朋友；但是要让我提供一些他的早期情况，就是说作为剧作家过士行的“史前史”，也是困难的。那时我还太小。他第一次来我家大概是在一九七二年。后来他告诉我，当时我仰卧床上读书，并不理会来人。我不知道我是否真有这么傲慢，但他是什么样子我记不住了，仿佛跟现在大家见到的这个矮胖、笑容可掬的人也差不太多罢，只是还很年轻。那会儿我哥哥和他一起向他祖父与叔祖旭初、惕生二老学习围棋。他们常常在我家窗外的丝瓜架下对弈，可是我印象最深的还是他的两位爷爷。同时他又跟我父亲沙鸥先生学过写作，这我也没怎么参与。士行兄的早期作品有下列这些：一个电影剧本（名字忘了），一部中篇小说《皮球的故事》和几十首短诗。他的小说写一个作家的孩子在“文革”初起时的遭遇，结尾是一群流浪儿撕大字报卖废纸。与好几年后的“伤痕文学”比起来，士行兄还是一个先行者；说得严重点儿，他写的不是伤痕，是正在流血的伤口呢。士行兄的这些作品从来没有发表过。诗我倒是和他在一起写的，那是一九七六年四月初，他约我到颐和园玩。往常去那里总是前山后山一转，前山富丽，后山恬淡；他说其实西堤一带别有风致，有荒芜之美。多年没去那里，也不知现在是否还是这样，但这是我第一次知道此人会玩。回过头看，“玩”之于士行兄就太是一件事情了。回家我们各自写了几首山水诗，在我这是此后十几年写诗的开端，士行兄在这方面算得上是我的一个领路的人；他则好像写了一些就不写了。我们一起写诗的事原本不大值得一提，我有时还回想起来是觉得那时真好情致，而且在当时写作只是兴趣所在，全无发表的可能（他写电影剧本什么的就更是如此了），可是却都写得很认真，写了还要在一块儿细细推敲，这种无为而为的举动恐怕如今不论我们还是别人都不干了罢。再就是得见士行兄身上诗人这一面，而且在我看来还是主要的一面，说来多少年也没有改变。后来有时我们说起什么来他总有所感动，那纯然是一种诗人的感动，我就知道他还是如此。以我而言，虽然在这方面花过老大功夫，但若论诗人气质，比起士行兄越来越差得多——在把人说成“诗人”已不算什么美誉的今天，我说这话自有我的理解，简直是不能不这样说了。

后来有许多年我们过往不算太密，这期间他由一个车工变为北京有名的记者，常常在晚报上看见他以“山海客”为笔名写的戏曲方面的评论和随笔。他还一直在玩：除了继续下棋外，钓鱼、养鸟、养蟋蟀，玩一门专一门，都玩到可以成家的程度。他后来告诉我，钓鱼的时候“做梦都梦见鱼”。这个人实在是多才多艺。但这些东西我都不大懂，也就不能赞一辞，有时我倒是略感怅然地想起当年我们在一起的时日：文学对士行兄来说是不是也像很多人一样，是青春时候所发的一场热病呢？直到大前年年初的一个晚上，我去首都剧场看契诃夫的《三姊妹》，散场的时候在门口碰见他，他已经留起胡子，问我想不想听他念一个剧本。我跟他去到剧场后面楼上一间小屋里，他展读一卷手稿，就是后来轰动北京的《鸟人》。我当时第一个感觉就是全部人生对于文学家来说总都不会浪费，都将在他笔下次第展开，在士行兄可以说是积蕴得太久了。后来他跟我说：“我写的都是我热衷过的东西，我都曾全身心地投入。”那天直到三四点钟我才回家，记得是很冷的一夜，但我很替朋友高兴。《鸟人》上演后，我走过人艺的门口看见买票的人排成大队，回到办公室也有人说起这戏，在剧场里还听见小姑娘们在议论过士行这人如何如何。有一回我问他怎么又回到文学来，他说一九八八年曾用余秋雨的《艺术创造工程》向人换了本铃木大拙与弗洛姆合著的《禅宗与精神分析》，“铃木用语言表达了‘拈花微笑’那种只可意会不可言传的美。这本书使我开悟，从此决定写戏”。恰恰我这些年亦于禅宗稍稍留心，在北京我们就成了可以谈禅的朋友。我想可以用铃木的一句话来解释他的意思：“悟突入于存在的根源，所以它的获得常常划出人生的分界线。”《鸟人》在剧场里效果有些过分好了，大家恐怕是拿它当作一种针砭时弊的“脱口秀”看；又有人从常规逻辑出发，觉得后面的京剧审案未免突兀。其实这整出戏就是一个公案，充满了对于文化的消解意味：用精神分析来消解养鸟，用京剧来消解精神分析，而那样地处理京剧，京剧本身也被消解了。开悟也就是别具只眼，或者说看透了，这出戏最可以说明他的“悟”了。

《鸟人》之后士行兄又写了《棋人》。他生在围棋世家，这个渊源于他也就太深。令先祖过百龄是明末清初大家，围棋史上划时代的人物，士行兄的名字我想就取自《无锡县志》关于他的一句描述：“其人雅驯有士行。”或许年代久远，资料又匮乏，我们于当年人物不能多有了解，但旭初、惕生二老我是见过的，而见过也就忘不了，后来的人再见不着也只能说是没有眼福。从前秦松龄在《过百龄传》里描写其与名手林符卿对弈的情景："枰未半，林君面颈发赤热，而百龄信手以应，旁若无人。"忆起二老这里所谓"信手以应，旁若无人"八个字真不免犁然有当于心了。附带说一句，现在回想这样潇洒、不染俗尘的气份儿竟是在七十年代初的中国那么一个黯淡乏味的背景里，不禁要感到骇异，其谪仙人也乎。这个记忆看见士行兄就要想起来，我知道他是他们的后人。士行兄从前跟我父亲学过几年诗，他多次跟我讲我父亲关于意境的说法对他影响很大，说实话几十年间跟我父亲学诗的人很多，连他同辈的朋友都有模仿他的，但写出了《棋人》的士行兄才真正算是接了他写诗的衣钵。这出戏表现生命的无奈与寂寞，达成那么一个空旷辽远的意境，我就明白原来先辈师长，还有诗和棋，这些都是活在他的血里，然后顺着他的笔一点点流淌出来。他来我家念剧本是在前年九月，那天正赶上我得知父亲病势恶化；我边听边生出许多感慨，晚上又喝了一点酒，我忽然抱住父亲大哭了一场。对于一个作家来说，大概总有一件作品是非写不可的；我也算是多少了解士行兄的罢，我想拿这副眼光来看他的《棋人》。

士行兄还写了《鱼人》。这出戏写的是人回归自然的悲壮与尴尬。"回归自然"是一句很理想的话，然而所要回归的对象和回归的方式，都只能使我们感到这也仅仅是理想而已，虽然不失是个很好的理想。《鱼人》有一种磅礴大气；如果说《鸟人》是怪诞剧，《棋人》是诗剧，那么这可以说是一出史诗剧。其实《鱼人》写成还在《鸟人》之前，上演却将在《棋人》之后：如果真有命运的话，它只是叫士行兄更大器晚成两三年而已。

在他的三出戏里，虽然都取材于通常认为是接近“市井文化”的东西，但他的主人公，无论是《鸟人》里的三爷，《棋人》里的何云清，还是《鱼人》里的钓神，却都是普通人里的大师，都是那一行当里的出类拔萃的人物。这使我想起《庄子》里那些专一技者，比如“梓庆削木为鐻，鐻成，见者惊犹鬼神”（《达生篇》）。三爷他们都是这里的梓庆，他们和他们的生命所投注的对象都是令人“惊犹鬼神”的。士行兄也像庄子那样，把这样的人看成是道的体现者，他其实只对非同凡响的人感兴趣。说来这也来自他的人生体验，他说：“这些年来，下棋，写诗，钓鱼，养鸟，还有京剧，我接触过的都是那个领域里的顶尖人物，真好像是天佑神助。用梨园行的一句话说是‘要投明师’，明白的明。”这些大师在他的戏里混迹于群众之中，但与群众从根本上说是隔绝的；为群众所崇敬，却不为群众所理解。记得他对我说过：“‘一将功成万骨枯’，万骨都没了，留下的只有将，也可以说将是万骨的魂。”但他并不是一个英雄主义者，他笔下的大师与他们为之献身的东西，如三爷与鸟，何云清与棋，钓神与鱼，有着一种互为指喻的关系，他们悲剧的命运是共同的：道都被有相当层次的世俗的东西吞没了，在《鸟人》里是心理学家，《棋人》里是司慧，《鱼人》里是老于头；所有真正的技艺在这个时代都已经没用了，现代文明最终使一切艺术都失去了存身之地。我看他的戏，总能感到这种深深的悲哀。

有一次士行兄和我谈到他写戏，说对他影响最深的是迪伦马特：“《天使来到巴比伦》、《罗慕路斯大帝》都是无与伦比的。那种睿智，看待世界的悖论方式，恰恰与禅宗可以相互印证，有些很妙的地方甚至可以成为公案。”据他说，看剧本都是体会而不是分析，但有一次他提到《雷雨》第三幕里传来胡琴声和唱声，鲁大海问是谁快十点半还在唱，四凤就说一个瞎子同他老婆，每天在这儿卖唱，这细节后来并没什么用；他说这么精致的剧本也有不必交待而交待过繁之处。想来他当是下过一番金批《水浒》般的功夫。当初写戏而不写别的，他自己说是因为大家都讲剧本结构太难，他倒要试试看；我想他评论介绍戏剧多年，大概觉得值得评介的越来越少，不免有一种寂寞罢。而等到他写戏了，他的寂寞只怕是更多了：他的三出戏，我觉得从切入点到手法，在中国戏剧史上都是很新的东西，但他在戏剧美学上的种种追求，好像还没有人认真予以研究。看了上演的《鸟人》和《棋人》，我总感觉与原剧本有点儿走样，比如前者本是消解意义的，结尾却被赋予了一种意义；后者本是有意义的，却被大肆消解——说实话看《棋人》时不免有些伤心。士行兄说："我曾悲叹文学生涯开始太晚，现在庆幸没那么早，没开悟就写东西误人误己。"但是他要不被人误还得要靠有人能悟他才行，在一个大家都奔逐于浮躁、功利和温情之间的年头儿，我眼里的士行兄仿佛也逃脱不了他笔下三爷、何云清与钓神的命运。

一九九六年九月一日

［补记］我的文章写在两年前。此后有件事应该在这里一提，就是士行兄写了《坏话一条街》。据我所知，他早就打算要写"坏话"了，那时我想他可是又给自个儿出难题了，这个东西怎么弄成一出戏呢。他开始动笔，几乎每天都在电话里把

刚刚写的念给我听，前后有一个月之久，我并不多问下文如何，但是听到差不多五分之一，也就是耳聪、目明和神秘人都在我眼前活动起来，我就知道这戏成了，已经立在那儿了，如果许我说句外行话的话，就是不搬上舞台它也是一出戏了。当然后面的进展始终出乎我的意料之外，但这也正是在我的意料之中。《鸟人》、《棋人》和《鱼人》陆续上演的时候，大家发现一部有一部的特色，都说这很不容易；然而《坏话一条街》跟它们都不一样。这次写的不再是被某种职业所异化的特殊的人物，也就是说，不再把一门专项活动（如养鸟、下棋和钓鱼）演变成一出戏，而是纯粹的“话”剧，语言本身重新成为主体。我觉得作者找到了对这出戏来说最好的载体，即民谣的大量使用。用民谣替代“坏话”，他自己的说法是“隔帘花影”，比在舞台上直接表现坏话要有力得多。而且通篇贯穿民谣，好像从来就没有过。当初老舍的《茶馆》里有个说数来宝的大傻杨，但也只限于串场。无疑这一创新对一出戏来说具有极大的难度，但正是在这里体现了作者构思上的匠心：他设计了耳聪和目明，一个搜集民谣，一个要看槐花，这使得民谣的出现成为剧情发展的需要，困难也就迎刃而解。更重要的是民谣在《坏话一条街》里，如同从前养鸟、下棋和钓鱼在他别的戏里，都不仅仅是生活现象或文化现象的展现，而已经成为被解构的对象，生活现象或文化现象的固有价值和社会意义都被消解了。

一九九八年十一月八日

寄河南

上个周末大洪兄从河南来，我陪他去海淀买书，各自抱了满满的四个塑料袋儿回来，在车上遇见急刹车，他有一袋掉到地上，心疼不已，幸好并没有摔坏。我坐在一旁，忽然很有所感。我们因买书相识，已经有十八年了，而交往的历史十之八九倒是“结伴买书史”。我因为这些年来喜欢写些东西，怎么说也有那么点儿“工作需要”；在他则全然是一种爱好，从来没有在文学上有有所作为的愿望，我想一个人能把纯粹的爱好坚持这么多年，而且兴致与当初丝毫不变，这真可以说是一种盛德了。前不久他在“五环夜话”做节目，主持人说你原来从前也是个文学青年，我想这未免误解他了，大约彼此年代不同，不免要以今人的气象去规范从前的人。而大洪兄如今的种种所为，很多都该说是从前的人才会有的行事。我说的这个“从前”，却又不全取决于年岁若何，有些年纪比他大得多的人，反倒要显得更合时宜一些呢。

主持人的话是从十几年前大洪兄曾与人合编过一部《二十

世纪外国文学家台历》的稿子说起的。这个所“与”的“人”就是我。据我所知，大洪兄买书（以及读这些书）总有二十年了，这可以说是唯一做过的与之相干的事情，但也仅仅是相干而已。起因是这样的：我们因为要买书，就要先有些关于书或者说关于文学史的知识，但是当时这方面已有的几本书内容和观点都嫌太旧，使用不便。大洪兄买过一部美国人编的《二十世纪世界文学百科全书》，经常查阅，也曾翻译一些条目。我建议能否以此为蓝本，再加上搜集到的别的资料，还有我们这些年读书的心得，自己编写一本《二十世纪外国文学家辞典》。他就动手做起来，但是工程浩大，进展缓慢。于是商量着先弄个缩写本，以作家生卒月日为线索，编一个台历。这事情完成了。说是合编，百分之九十以上都是他做的。这些事其实主要是为我们自己干的，但现在说起来，还是觉得挺有意思，因此长了不少学问，以后在“结伴买书史”中都体现出来了。

大洪兄这些年来有时顺利，有时坎坷，但是如前所述，他是一个可以把青年时代的兴趣爱好长期保持下去的人。当然所保持的也不仅仅是兴趣爱好而已。我前些时找到他大学毕业后在河南镇平的工厂里给我写的一些信，我记得他的宿舍里没有桌椅，信都是伏在铺板上写的。信中偶然谈及人生的话，因为当时受到《约翰·克里斯朵夫》一类作品的影响，所以难免有现在看来幼稚的地方，却总归不失纯朴，不失真挚。这么多年过去了，幼稚可以说已经汰尽，但是并没有汰尽当年所有的一切，今天的他纯朴真挚如故。如果要我在这里谈点感想，我也只能说他是我这样的朋友：平时并无多么密切的往来，即使往来也只是干干一同买书这样无关紧要的事；然而我一旦有什么难处，就会想到能靠得住的是那个被我真心视为朋友的人。在我的人生里，这样的朋友太难得了。

大洪兄很多年前就对体育很感兴趣，可能和他对文学的兴趣同时产生，而且论性质也是仿佛，都是仅仅限于一种兴趣。后来他因此搞起足球俱乐部来了，我只是因为朋友的关系，稍稍对这方面有点儿留心。迄今我在电视里唯一看过的完整的一场球赛转播就是前年河南建业对上海豫园那场，当时我正好在上海，而这场比赛决定他们球队的命运。结果没有成功。前一晚上大洪兄到旅馆来看我，谈起这轮比赛，我曾劝他千万不要乐观。比赛结束当晚，我们在南京路上散了会儿步，他对我说：还是你说的对，无论我们怎样想象黑暗，黑暗总是超出你的想象。仅仅一年之后，我们就又一次谈到这个话题。我知道他接受这样的结论不是一件容易的事情。说到这里我想起大洪兄说过他是个“悲观的理想主义者”，对他来说，无论多么“悲观”，其实并未丧失“理想主义”的初衷；因为“悲观”是对一己之外有所认识，而“理想主义”本不关乎这个。我记得上大学时，《老人与海》里有句话曾经给过我们很大影响：

“人不是为失败而生的，一个人可以被毁灭，但不能给打败。”

现在海明威已经不再是怎么热门的作家，这句话也在尚未被大家真正理解之前就给用滥了。让我们再重新体会一下罢：它应该是说在人生起始而非结束之时，所以不是给自己随便找个借口；而人生的真正意义或许就在于体会出“毁灭”与“打败”究竟区别何在。“悲观的理想主义者”是坦然而坚实地走在自己人生的路上的。

最近几个月里，大洪兄发表了一组有关足球圈若干问题的文章，引起了很大反响；以致有人告诉我，走在路上或在饭馆里吃饭时也有不相识的球迷过来和他搭话。我的老朋友成了名人。我听到这消息第一个感觉老实讲并没有多么兴奋。在我的印象里，写文章的人（比方说我）都是做不成什么别的事儿的；我自认为是理解大洪兄的，他本来是个行动者，有他自己的事业，如今竟然也只好拿笔杆子了，这能不让人悲从中来。

虽然我也曾劝过他既然没法干就不干好了，可真的如此，还是觉得无话可说。至于他的文章，内容方面我因朋友的身份不便后台喝彩，只是想他提出的那些问题早晚总有一天会被解决，实在不行，单单时间本身终究也能解决一切。但是即使到了那么一天，这些文章中所表现出来的理性之光，或者说是智慧之光，也是不会黯然失色的。

这篇小文写完之后，忽然看到《歌德谈话录》里的一节话，正好抄赠给大洪兄，也算是给他的文章添加一个脚注罢：

“我们谈到，某些教授在发现较好的学说之后还老是在讲牛顿的学说，歌德说：‘这并不奇怪，那批人坚持错误，因为他们依靠错误来维持生活，否则他们要从头学起，那就很不方便。’”

一九九九年二月三日

弃猫记

一九六六年八月的一天，街道主任来我家，说红卫兵随即就到，叫我们做点准备。我家养的一只猫，这时正好在门口探头探脑。主任便说，什么时候了，你们家还养猫，赶紧处理了罢。她走后，大家忙成一团：砸掉唱片，撕掉照片，剁掉高跟鞋的跟儿，还把父亲的藏书检点一遍，结果只留下了马、恩、列、斯、毛和鲁迅的著作，其余的都等着红卫兵来抄走。母亲要哥哥和我去把猫扔掉。我们把它塞进一个书包。走出院门，胡同里没有什么人。猫在书包里拱来拱去，不是伸出爪子，就是钻出尖嘴，哥哥只好一路把它塞回去。我那时还小呢，跟在哥哥身边，其实帮不上什么忙。

这只猫我家已经养了两年了。是只波斯猫，一只眼蓝，一只眼黄，浑身白毛，后背有两块黑，从后面看，像是熊猫。它很会撒娇，母亲读书的时候，它就趴到书上，要母亲抱着它。它乖乖地缩成一团，发出轻轻的呼噜声。我们全家都很喜欢它。现在虽然舍不得，但也没有办法。也曾想过送给别人，一时却找不到谁肯接受。

哥哥和我来到胡同口的一个公共厕所，里面空无一人。哥哥蹲下，把书包解开，猫爬出来。它甩甩头，叫了两声，显得很不满意。我们再看看它，赶紧离开。可是没走两步，猫已经跑到身边。我们把它抓住；看样子，它还不明白怎么回事。我们又进了厕所，把它放下。猫抬头看着我们，这回有点儿生气。我们把门带上，把它关在里面。走出很远，还能听见它的叫声。

回到家里，接着干前面说的那些活儿：我摔唱片，哥哥挑书。母亲和姐姐在忙别的。谁也没顾得上问一句，猫到底扔掉没有。它好像无声无息地消失了，好像我们从来没有养过它似的。这一天家里来了两拨红卫兵，把书装了满满一卡车，然后拉走了。幸亏我家的人没有受到伤害。北屋的邻居就要惨得多，几个人都挨了打，就在院子当中，跪着用皮带抽。院儿里本有一口大鱼缸，也被推倒了，洒了一地腥臭的水，缸里的金鱼都死在地上。我忽然想，猫如果还在，一定会凑过去咬那些扑腾着的鱼罢。

那天夜里一家人睡得很晚。忽然听见猫在门外叫：它回来了。然后开始抓门，越抓越急。当时我们都醒着，但是谁也不敢开门。猫一边抓，一边叫。我记得叫声并不难听，略有哀怨之意，像是小孩在哭。后来它来到卧室窗外，抓窗子。猫爪划在玻璃上，声音特别尖锐。我们躺在黑暗里，互相都不说话。后来我睡着了。第二天母亲告诉我，差不多直到天亮，猫才走了。此后这么多年，关于这只猫，我家的人很少提起。但是我想大家都明白：大概它伤心欲绝，所以一去而不复返。

二〇〇四年二月二十九日

《老八舍往事》跟帖

“老八舍”是武汉大学一栋学生宿舍，该校中文系一九七八级学生曾住过那里。多年后，他们常聚在“老八舍网站”聊天，抚今追昔，又“以几位同学当年的日记为基础，勾勒出四年校园生活的大致轮廓，再通过网上的随意跟帖，去丰富和还原当年的诸多场景”，编成这本《老八舍往事》。

这是一本很有意思的回忆录，尤其那些跟帖，相互或补充，或订正，竭力挖掘细节，追溯原貌。只是多采用流行的网络语言，诸如“俺”、“偶”、“东东”之类，读来与回忆内容及回忆者的年龄不很相称，感觉有点“隔”。

我读此书，勾起自已不少几乎忘了的大学时的回忆。我很想跟帖，但自忖没念过武大住过“老八舍”，怕没资格上那网站，那么写在这里好了。

书中“武汉大学七八级新生开始报到……”一则日记下，“他乡人”回复：“七七级高考时，我作为在校生也有幸参加。出榜时也达到了体检标准（每门课及格），但平均分差一分未到在校生的录取标准（八十分）。”我是一九七七年作为在校生参加高考的，同校报考的共一百多人，学生为主，也有老师。班主任很看重我，两天考四门，上下午都陪我去考场，等在门口，然后送我回家。第一门考理化。平生头一次参加此类考试，只见题目一大堆，好容易做完，粗粗检点一遍没有漏答的，就到了交卷时间；第二门考政治，还算顺利；第二天上午考语文，下午考数学，头天晚上我不慎煤气中毒，头昏脑胀，语文好歹对付过去，数学则答错了最主要的一道题。班主任正是教数学的，听我一说就沉下脸来，转身走了。此后一个来月，都不怎么答理我。有一天，他忽然在楼梯口把我叫住，说高考分下来了，全校学生只有我过了录取标准：理化八十三分，数学八十分，语文九十分，政治九十七分——这大概是我平生与“政治”关系最密切的一次了。暮色里他好像挺激动的，我就没敢问录取标准到底是多少。现在看了《老八舍往事》才知道。

“莫德万”回复：“我是我们寝室第四个到的。寝室里六个人，有三张上下铺的床，木质的，很陈旧。部队的排房里也是这种床，倒没什么不习惯的。只是我在上铺，铺床时，右脚差点踩空了。”我在大学的宿舍也住六个人，四张上下铺，两个上铺空着，堆放箱子之类。宿舍里的趣事甚多，且说一件：有天夜里我失眠，忽然听见对面下铺的同学说梦话："我没参军，干吗叫我退伍哇?"其声凄切，闻之不禁落泪。

"清晨六点吹响起床号……"一则下，"老道"回复："年龄最大和最小的舍友相差十五六岁，差不多隔了一代人了。"我们班上最大相差是"一轮"，那位说梦话者就是位老大哥，还有一位已经是三个孩子的父亲。全班同学中，我年龄倒数第二。毕业时，我和一位比我大十二岁的老大姐分到同一医院，科里同事颇感诧异。

"Lzj"回复："'可教育好的子女'本身就是一个歧视性概念，意为这些人因其父母而负有原罪，是原本本质不好、根子不正、苗子不红的，因此需要特别的教育。他们在现实生活中，不能享有与其他人同样的权利，招生、招工、入团、入党、提升等等，都受特别的限制。"当时我也属于"可教子女"，是以分数虽然下来，却迟迟没有收到录取通知。班主任见到我就说："再等等，再等等……"我有点不好意思，尽量躲着他。父亲好像曾经投书给谁，不知是否起了作用，反正我到底上了大学。《老八舍往事》不止一位作者提到本来报考别处，却被武大录取；我的情况也是这样，我报了外地某校药学系，收到的是北京医学院口腔系的入学通知书。待去大学报到，人家已经上了一周的课了。通知书上注明“走读生”，报到时给改成住读，得与同学同一待遇。

我大学读的是理科，多年来对文科心向往之。这回看《老八舍往事》，遗憾得以稍稍弥补：假如当初我上中文系，大概就是这般经历。当然偶尔亦觉得“不过如此”。譬如有一则日记云：“上午在华师礼堂举行苏联当代文学讲座：《评柯切托夫》。主讲人是中央广播事业局的佟柯。讲座由华师中文系和武大外文系合办。”据“城根”回复，所讲计四个问题：苏联文坛上所谓“自由派”和“保守派”的斗争；从柯切托夫的主要作品，特别是斯大林逝世后的作品，如一九五八年《青春常在》、一九五九年《叶尔绍夫兄弟》、一九六一年《州委书记》、一九六九年《你到底要什么?》，看苏联社会是如何演变的；简谈柯切托夫和中国的关系；我们怎样评价柯切托夫的创作和作品。授者“认为柯切托夫是能坚持社会主义创作方法的有才华的革命作家，坚贞不渝的反修战士，在困难的条件下，为我们写下了许多反映苏联社会现实的作品”，同时“也谈到柯切托夫作品的历史局限性及艺术方面的不足”。这样的课，大概不听也罢。反观自己，好歹认真学过一门科学，不算白费工夫。

书中还有一则日记：“上午考《文学概论》，两道论述题，每题五十分……次日，张老师通知班干部，说有人的答卷和讲义一字不差，有抄袭的可能，要违者自己去承认。”我看了也觉有趣，因为我们学医，几年里都是一大本接一大本地背教科书，岂止“一字不差”，我有一位同学，现在应该是“学科带头人”了，当初我们俩比着默写一整章《解剖学》，连标点符号都不带错的。

二〇一〇年三月八日

弃文从商

这题目颇有点儿像刻下时髦的口号，其实乃是一句较长的话的节略，那句话是："我的弃文从商的经过及其感想。"这里先要就"弃文"与"从商"两方面作些解释。我小学中学什么书也未曾好好读过，包括中文在内；大学学的又是医科，没有中文的课。也没有专职当过什么文人，更无缘参加哪个与文沾边的组织，甚至连文人的雅集诸如朗诵会、座谈会都不曾与席过。十来年间在大小报刊上发表过一些分行与不分行的东西，从来未引起读者及评论家的注意，拿过几文稿费，可指着它养家糊口还差得远呢。所以我所说的这个"文"，充其量也只是对文的那么一点兴趣，说到底我也只能算是一个读书人，或者爱读书的人，而已。至于"商"，我只是从几年前起，到一家外国公司当了一名雇员，伙计一般的角色，做的乃是别人的买卖，赔了赚了都是人家的事，我只是拿点工资罢了。现在常说"下海"，那大概指的是使自己的船罢，我则仅仅是在别人的船上充当司炉水手之类，此外我没有做过自己的生意，或者玩玩股票什么的。如此说来，似乎两边都有些勉强，但事实如此，不好编造，先哲有言，“在家人也不打诳话”，也只能凑合着说了。

干这个活儿之前我先后当过医生和记者，都不是不能干的工作，只是越来越感觉到穷。俗话说“人穷志短”，孔子则云“君子固穷”，我仿佛是游离于此两者之间。比方说买书就常有买不起之惧，我的藏书很多欠缺差不多都是因为当时阮囊羞涩，后来再也补不上。再就是朋友来访，也很难招待饭食。每月薪水只够应付吃穿。多挣点钱，这若说是我的志向未免俗了，但确有这个需要。正好有大学校友告诉我某处有个空缺的位置，我就去应试。我这人一向衣着随便，西服领带均不曾置备，时值三月杪，记得外面穿件毛衣去的。第二天有电话来，说已通过，我不免犹豫起来，还在日记中抄了苦茶庵长老的诗句：“绕遍莲台还自叹，入官入道两蹉跎。”其实我只不过是本科毕业，后来看见硕士、博士之流都争着往公司跑，我真是小巫见大巫了。只是感到做买卖到底算不得什么光彩之事，记得在给朋友的信中写过“中年为贾，士林不耻”这样的话。但是转念一想，医生不是也要收病人好处，记者不是也要搞有偿新闻么，这不也是做买卖，恐怕还不及此时之我心安理得呢。大概就像萨特的一出戏写的，谁也没法不把手弄脏罢。我其为随波逐流者乎。

话虽是这样说，但是还有一个干得了干不了的问题呢。我并非出身商贩之家，一时也找不着能人可以拜师，我自己别无所有，只有一点书生气质，公司又不是可以混事由的地方。没有法子，只能如北京人所说：“干什么吆喝什么。”我知道用的是自己的短处，但短处可用，斯亦一好事也。起初只想好歹干满三个月试用期就行了，谁知迄今已是好几年过去。当然这有机缘的关系，舍此去谈个人如何努力，那是哄孩子的话了。几年里多少也长些本事，只是一样儿学不来，压根儿也不想学，就是商人习气。或许正因为如此，我才能从一帮子从里到外都是做买卖的人手里抢过来几个买卖呢。或者说，你别是在体验生活罢，那倒一点儿也不，因为顾不上，当时也分不了这个心，从这方面讲还真是弃文从商。我的感觉倒好比是在演那么一个角色，早晨上班有如大幕拉开，晚上便是下台了，不过循的乃是斯坦尼斯拉夫斯基体系而不是布莱希特体系罢了。如此几年如一日。但这不是一个可以炫耀的角色，我确实从来没有从这差使本身体会到什么乐趣，只是倘若能干下去，我还得接着干就是了。

但是收工之后，恐怕我还是我，原来的我。晚上（当然不是每天），星期天，休假的日子，还有出差的路上，我还是可以读一点书，有兴趣的话，写一点东西。——说到这儿不免露出马脚来了，原来“文”是弃之不了的。说来当文人也确是雅，但有一俗免不了，就是龚定庵说的：“著书都为稻粱谋。”我现在纵有千般俗处，此俗庶几可免也。所以较之从前，在这方面反倒纯粹了些也未可知。讲句笑话，做人做得通俗，文章倒可以不通俗了。我也确实是认为作品的价值最终还是在作者的价值之上。这期间我完成了《如逝如歌》，对我来说这是一件重要的事。此外又读了不少不热门的书，譬如今年以四个月的业余时间细细通读了一遍《诗经》，此乃许久想做而未做的事。我也可以在闲暇的时候认真想一想有关“人”和“文”这两方面的事情，或者与二三子去逛逛琉璃厂之类地方。这时的我能够体会到生命之有意思。说句老实话，我现在是想多少能存一点钱，将来干不了这个活计时，可以贴补些家用，让我仍然能安下心来读我的书，写我的东西。写到这里，大概我这篇痴人的自白也可以搁笔了罢。

一九九三年十一月二十四日

不上班的故事

不上班就是不上班，并无故事之可言；中意这个字面，特地一说罢了。当然问题可能并不这么简单。查《现代汉语词典》，“故事”释为：“真实的或虚构的用作讲述对象的事情，有连贯性，富吸引力，能感染人。”这里别的话都不吃紧，关键在“事情”二字，亦即有具体内容是也。或许我暗自担心，同时特别强调的，正是这个。多年前我在一家报社上班，每日里无所事事，一上午要往传达室跑好几趟，等着看当天各种报纸，待到一概看完，也该吃午饭了。午休之后，大家闲聊会儿，随即下班回家。我很担心不工作后，也是如此情形。而且当时虽然虚度时光，到底还有收入；此刻要是这样，岂不全无着落了么。我现在用北京话讲是“在家待着”，——这个“待”字的意思，一曰“驻足停留”，一曰“无事可做”，我并不希望两样儿一并都坐实了。

我的这份儿担忧，说来早已有了。三十岁时，我到一家外国公司打工，本是临时性质，后来一共干了十多年，实在纯属偶然。但这活儿总归有干不了的一天，到那时候怎么办呢，不能不预先替将来打算。正好有编报纸的朋友约我写文章，于是“一发而不可收拾”。写作之事早就歇手不干，此时工作很忙，反而重操旧业，因为别无本事，这个好歹懂得一些，也算是个事由儿，弄不好将整个余生投入其中也未可知。所以不上班的故事，须得从上班讲起，否则不上班真的没有什么“故事”了。这样谈论写作，似乎有失虔诚；然而视之为终将一生对待的事情，也算认真的了。而且关心更多的还是行为本身，结果如何则无从逆料，也无须逆料。反正选定这个方向就是了。

在公司打工期间，我前后出版了六本书：《樗下随笔》（一九九五）、《如面谈》（一九九七）、《樗下读庄》（一九九九）、《六丑笔记》（二〇〇〇）、《画廊故事》（二〇〇〇）和《史实与神话》（二〇〇〇）。写作数量逐年增加，似乎有向不工作过渡的趋势。然而对我来说，写作仅仅提供了不工作的可能性，至于将此可能变为现实，却是事出无奈之举。在我看来，业余写作未必不好；进一步讲，职业写作未必就好。后者时刻面临一个问题，即写不出来怎么办；前者则无所谓，总归还有别的事情可干。此外还与写作成为生活来源有关，职业写作较之业余写作，更容易流于功利化或庸俗化。至于置身体制内外的问题，恐怕主要还在思想与思想方法，体制内的人可以写出体制外的作品，而体制外的人未必不以体制约束自己。此外大家谈起这个事儿，往往强调时间因素，好像个个文思有如泉涌，简直不及写在纸上似的。但是我读托尔斯泰最后一年的日记，常常抱怨自己心情恶劣，不能工作；鲁迅在《答北斗杂志社问》中说："写不出的时候不硬写。"说明也不无这种时候。时间有有效与无效之分，只有被利用了才有价值；时间充裕，虚度的可能性就更大。相比之下，心境比时间重要得多。坦白地讲，我自己心境好的日子不多，一年下来不足百日，业余写作可能对我更为适宜。

从另一方面考虑，正如加缪所说："重要的不是活得最好，而是活得最多。"（《西绪福斯的神话》）"多"可以就某一时间向度而言，即做完这事再做那事；也可以就某一单位时间而言，即同时做不止一件事情。这些事情彼此无所冲突，生活也就变得丰富多彩。生活、工作、读书、写作，未必不可能互相调剂，实现和谐；人生也就因此而具有更大的可能性。

这自然是理想状态，而理想的事情在现实中往往落空。前面我说写作要有心境；我当时所做工作，并不需要心境，却能破坏心境。从前我写过一篇题为《谈心境》的文章，其中有云："我们究竟需要有多么坚强，才能像守住城堡似的为自己守住一个好心境呢，即使不写什么鸟文章也行。"此乃由衷之言。说来我是难得愉快的，但是却忍受不了不愉快，尤其眼见得这不愉快没有尽头之时。那么干脆辞职好了，至于写作尚是余事。当时给一位朋友写信，曾说："一般说来，我是可以'为五斗米折腰'的，但是这也是底线了：倘若'米'已经不够'五斗'，或'折腰'进而还要趴在地上，则我也就敬谢不敏了。"回想起来，好像并无夸张之处。

不上班总归是生活状态有所改变，开始不很习惯，还是担心无事可做。正好——又是"正好"，很凑巧似的，不过事实的确如此——有出版社约我写一本自传。我就写了《插花地册子》（二〇〇一），说是自传，实际上是读书回想录。每日写一点儿，就像上班一样；不到两个月功夫，写了十万多字。这才算是"平稳过渡"。对我来说，不上班的最大好处，还在于免除了心境恶劣的主要因素，这一点至关重要，就像我在前述文章中写过的："自然并非要写此作什么'幸福论'，但我相信人世间一切荣华富贵，归根到底还是抵不上一个好心境的。"虽然在家一年半的时间，除《插花地册子》外，也只完成了《老子演义》（二〇〇一）、《苦雨斋识小》（二〇〇二）和《沽酌集》（二〇〇二）等三本书，以数量计，与上班时相差不多。大概想好了要写的东西仍然只有那么多，就算有时间了，也做不到一天到晚写个没完，——兴许别人可以，我则自愧未能。如前所述，我原本无意职业写作；如果能够避免写不出与功利化两重危险，就很感幸运了。

现在对我来讲，重要的是如何打发不想写文章的时间，——过去安排得最好的时候，这些时间本是用于工作的。不上班之后，我把"周作人自编文集"校订完毕，一共有三十六种，四百多万字。做这样的事情，对我来说有如工作一般，可以日复一日从事，不像写作有待兴会，需要凑泊。以前上班时也编订出版过几本书，这也可以说是为日后不上班所做的准备。——这么讲话，好像处处都要安排算计似的；我承认有那么一点儿，但是不尽如此。清人项鸿祚云："不为无益之事，何以遣有涯之生。"（《〈忆云词丙稿〉自序》）此中深意，多少也能理解。人生漫漫，总得想法子把它填满。

以上所述，多系一己感想，而且卑之无甚高论。不如于篇末略陈事实，俾使所谓"故事"不至落空。不上班之后，早晨无须按时起床，相应夜里也就不用按时睡了。每日想写东西就写，不想写就读书，与家人聊天，或打打电话，晚上则看 DVD

以为消遣。此外并无别种爱好。我住在城外，隔一两周总要进城去与二三友人见个面，也买些书或碟回来。前些时发愿把罗伯－格里耶作品的所有中文译本一气读完，用时近一个月，所读计十九种，颇有写意之感，视为一项工作亦无不可。

二〇〇二年四月二十三日

我的笔名

我有志于文学创作久矣。起初胡乱写些东西，不曾发表，无须笔名。一九七九年父亲代投几首小诗给某刊物，回信云拟予刊登；当时我在大学学医，不愿别人知道，父亲遂给起名“方晴”——“方”是我的小名，“晴”则暗喻当时的政治形势。我自己不很喜欢，不过写诗、写小说，倒是一直用着。一九九三年我的诗集出版，也署的这个名字。以后改写随笔，另用笔名“止庵”。最早一次用它，是在《新民晚报》发表一篇题为《探访八道湾》的小文，大概是八十年代末。父亲不大赞同我改名字；我想前人尚且“不惜以今日之我与昨日之我战”，换个名字又何妨呢。

《樗下随笔》是我署名“止庵”出的第一本书。当时特地写了一篇《止庵说》：“《庄子·德充符》云：‘人莫鉴于流水而鉴于止水，惟止能止众止。’我喜欢这个意思，后来写文章就取它作笔名。我是想时时告诫自己要清醒，不嚣张，悠着点儿。‘轩’、‘堂’、‘斋’等对我来说都嫌过于隆重，我想象中读书的所在只是一处‘庵’——荒凉里那么一个小草棚子而已。”《庄子》“止”字多见，这里所说，意思较为曲折。我写《樗下读庄》，曾解释道：“道又可以被理解为是一种自然状态，遍在于天地万物；别人看到道的体现者所体现的自然状态，由此体会到自身的自然状态，也就得到道。‘人莫鉴于流水而鉴于止水，惟止能止众止’是由所‘鉴’的‘止’看到了自身的‘止’。而作为道的体现者，人或大自然或别的什么并没有区别，都是可以一‘鉴’的。”《庄子》别处讲到“止”，亦各有境界。去年曾托友人刻了“今子止”、“吉祥止止”、“其动止也”等几枚闲章。此外“听止于耳，心止于符”二句也很喜欢，可惜尚未刻成。

我用这个名字，以及我写文章，旁人说好说坏，其实都无所谓。这些年出过几本书，也编过几本书，一向性喜低调，“自适其适”。然而有些事无端牵扯，亦是烦恼。譬如坊间有“隐蔽的大师”《雅堂笔记》、《顾随说禅》二种，冠以“止庵主编”，实未经我同意。我知道卖书不易，当下不愿声张，只在给朋友的私信中讲明与我无关。以后这信揭载出来，有记者来电话采访，我也但述事实，未作评论。现在时过境迁，不妨略说几句：我对连横全无了解，怎会编他的书；顾随著作倒是一向爱读，但题曰“说禅”，却连“汉三国南北朝时期”的《佛典翻译文学选》也给收入，显系隔教所为。希望读者明鉴。专写文章不值，此处顺便一说。

二〇〇六年四月六日

我的闲章

闲章好像是书画家的物件，我辈不写字不画画，似无所用。去年却也请人刻了几个，把玩而已。

就中四枚，系稼句兄托人代刻。一是“鉴于止水”。见《庄子·德充符》：“人莫鉴于流水而鉴于止水，惟止能止众止。”我的笔名即由此而来。其余几枚，典故亦出《庄子》。

一是“吉祥止止”。见《人间世》：“瞻彼阕者，虚室生白，吉祥止止。”《应帝王》里有段话，可以用来解释：“无为名尸，无为谋府；无为事任，无为知主。体尽无穷，而游无朕；尽其所受乎天，而无见得，亦虚而已。”两处所说的“虚”，正是同一意思，即把“成心”尽皆去了。此外，《大宗师》所说：“堕肢体，黜聪明，离形去知，同于大通，此谓坐忘。”亦是此意。“同于大通”、“体尽无穷，而游无朕”，即庄子所谓“吉祥”也。

一是“今子止”。见《齐物论》：“罔两问景曰：‘曩子行，今子止；曩子坐，今子起；何其无特操与。’”“景”答：“吾有待而然者邪。”此即命意所在，很接近《逍遥游》所说“至人无已”。

一是“闻之疑始”。《大宗师》里，南伯子葵问女偊何以“闻道”。女偊曰：“闻诸副墨之子，副墨之子闻诸洛诵之孙，洛诵之孙闻之瞻明，瞻明闻之聂许，聂许闻之需役，需役闻之于讴，于讴闻之玄冥，玄冥闻之参寥，参寥闻之疑始。”前作《樗下读庄》，曾解释说：“从‘副墨’到‘疑始’，是由人为越来越接近于自然的过程，是由‘有待’到‘无待’的过程，也是由理性进为悟性的过程。‘副墨’、‘洛诵’明显是有心学习，‘瞻明’、‘聂许’则去了这份心了；‘需役’、‘于讴’是不觉而如何，理性已变为悟性，但着眼点还是外在表现，或还是从外面说的；‘玄冥’、‘参寥’却是从内里讲了，纯是感觉；‘疑始’就是体会无限，就是得道，这是形容其无终极无尽藏之意，不是理性思辨意义上的认识。”

另外三枚，则是云南强英良君所刻。一是“自适其适”。见《庄子·大宗师》：“若狐不偕、务光、伯夷、叔齐、箕子、胥余、纪他、申徒狄，是役人之役，适人之适，而不自适其适者也。”又见《骈拇》：“夫不自见而见彼，不自得而得彼者，是得人之得而不自得其得者也，适人之适而不自适其适者也。”

《大宗师》那一节，自闻一多起即有所质疑；《骈拇》亦属庄子后学言论。然而“自适其适”一语，摈弃自身以外一切价值标准，在我看来颇得庄学神髓，故写文章一再引用。

一是“其动止也”。见《天地》：“凡有首有趾无心无耳者众，有形者与无形无状而皆存者尽无。其动，止也，其死，生也，其废，起也，此又非其所以也。有治在人。忘乎物，忘乎天，其名为忘己；忘己之人，是之谓入于天。”此意近乎《齐物论》之“夫吹万不同，而使其自已也，咸其自取，怒者其谁邪”，即“吾丧我”，亦即“至人无己”也。附带说一句，《人间世》有云：“听止于耳，心止于符。”我也喜欢。

此外还有一枚，曰“如面谈”。我曾以此为题，出过一本集子，在序里说，忘了从谁的书里得知俞曲园曾手制一种信笺，上面画两个老人对坐，旁题“如面谈”，我觉得此语甚好，“如”字尤得我意。我平素很不擅于与人打交道，即使对极敬重的人也是这样，如面谈而终于不是面谈，庶几可以减免一些拘束与尴尬，又由得我们说我们想说的，这才说得上是“不亦乐乎”呢。说来苦雨翁对此也中意，见《知堂回想录》：“平常写文章的时候，即使本来没有加进去诗的描写，无意中也会出现一种态度，写出来夸张不实的事来，这便是我在乙酉（一九四五）年六月所写一篇《谈文章》里所说的，做文章最容易犯的一种毛病，即是作态。……对于这种毛病，我在写文章的时候也深自警惕，不敢搦起笔来绷着面孔，做出像煞有介事的一副样子，只是同平常写信一样，希望做到琐屑平凡的如面谈罢了。”我取书名时没想到这番话，不然该说出处在此了。

二〇〇六年九月十日

我与书房

《开卷》出的题目是“我的书斋”，这里改了两个字。首先“书斋”太过隆重，咱们普通读者恐怕不配，因而改作“书房”；不过这也只是称呼问题而已。关键在另一个字。盖谓“我的书斋”或“我的书房”，必得实在有此一间才行，而我却迄今尚无，所以“的”万万用不得也。或者说既然没有，干脆交白卷了事，何必还要没话找话。若是断然否认，别人未必相信，须得做些解释，此其一；虽然目前没有，或许将来会有，那么略述向往之意也未尝不可，此其二。

我家原来租住北京东城西颂年胡同——这胡同去年已拆光了——三十号西屋，前后五间，其中有无专门书房，我不记得，因为那时年岁尚小。“文革”兴起，被强令搬至同一胡同四号，原是王姓驸马府之一部分，我家住着一统间，非但没有书房，连书桌、书柜也因为生活困难而卖掉了。当时每月人均生活费九元，房钱却要十元四角，实在承担不起，于是又搬至五十一号一间东房，共十七平方米，一家人挤在一起。在父亲的床角摆一小炕桌，再加一把椅子，就是我每日安眠之处。不过后来还是买了一张三屜书桌，放在窗下。父亲在那儿写过诗；母亲练过苏体字；我那时还是中学生，写了几十万字的小说废稿。

提到书房，除了单独一个空间外，还要有内容物，譬如书桌、椅子，再就是书柜，多少不计。书桌已如前所述，椅子则不记得是否专有，抑或就是饭桌旁的那把，临时拖过来兼用。书柜也有一个，倒是“文革”前旧物，其中书并没有几本，包括当初抄家劫余，再就是父亲从黑龙江带回来的，原属某图书馆，据说准备销毁，被他有幸截留，记得其中有一册屠格涅夫的《前夜》。待到“文革”结束，有书好买，也只是陆续添了三个书柜而已。及至移居红星胡同，房子仍然只有一间，“书房”云云，还是南柯一梦耳。

一九九七年我在望京买了房子，两室一厅，母亲与我各居一室，我在自己房间一侧安置了书桌、椅子，还有一个书架，另在客厅沿三面墙做了书柜，自地到顶，共十四个，放置书籍八九千册，大约不到所买书的一半，其余的只好仍堆在城里的旧房内。可以说从此人书各得其所，然而专门的书房实在还是不曾有也。过去有句老话：书房不可轻易给外人看见，以免暴露主人的心思。我则一概陈列于客厅之中，实在也是没有法子。幸而说是客厅，来客实在稀少，我只当它与卧室是里外间罢了。至于自家心思，俱见文章之中，并不担心被人获知。

行文至此，开头所云“其一”已交代完毕；“其二”则在可说可不说之间。因为书房的好处，他人自有切实体验，用不着我来多嘴，搞不好贻笑大方。据我猜想，人之需要书房，一为读书，二为写作，得一专门环境，不无心理暗示，进得门来，当感荒废时间不宜，好好用功要紧。我平生读书不多，写作无成，或许与此有些关系。是以对书房的一番向往亦在情理之中。

二〇〇三年三月十七日

《惜别》日记抄

二〇一〇年十二月十三日

这些天一直考虑在深圳时马家辉关于写书的建议，或许可以包括：（一）母亲和我的编书（代为抄写《周作人晚期散文选》一半，一同去图书馆查书，读《小团圆》，等等）与写书（为我抄写《诗韵新编》、《老子》，编《河东辑》，最后看到此书而已无力签名，等等）；（二）看电影与看碟；（三）旅游与日常生活（这部分较难写，如有她晚年给毛毛的信就好了）；（四）写作以及过去的经历；（五）病与逝世。配一些照片、手迹。仍然是那个问题：哪些是可以说给不相识的读者听的。可能仍然是一本以引文为主的书，而加以我的理解（升华的，关于生死等）。

十二月十五日

一直在想那本书怎么写法，哪些内容，以不矫情为原则。或分专题，或循时序，尚难确定。

十二月二十日

仍在想如何写关于母亲的书，大概是类似“写生文”那样子，断片式的。

十二月二十二日

晚请小沙在起士林吃饭，此亦母亲爱来处，谈到写书的设想。

十二月二十六日

如果写关于母亲的书，似乎除了记叙的内容外，应该有关于生死问题的思考。

十二月二十八日

热爱生活的内容要多写，但也不好写。

二〇一一年一月十三日

上午徐峙立来，与她谈拟写的“生死之书”。

一月二十二日

关于拟写的书：其实是我在母亲死后的心路历程——我自己的，我体会母亲的，我的回忆，等等。

一月二十五日

我拟写的书，大概从母亲的死写起，那些引发我感想的回忆的契机。感想与回忆交错，但有些感想与回忆是直接呈现的，不借助契机。站在现在的角度认识她，回忆她，体会她——知之为知之，不知为不知，有些事可以省略，片断性的。

关于见过她的人夸赞的风度、神采，最不易描写。

一月二十七日

（一）人死的意义；（二）人死后的存在方式。这是拟写的书中主要思考的内容。

二月五日

应该写的内容：（一）母亲为我编书——日记里的记载。（二）看电影的回忆——几次电影回顾展，电影周。（三）意大利光雕展。（四）中国银行建筑晚上的灯饰。（五）爱看放礼花——最后一次。喜欢视觉的东西。（六）怕听声音。（七）我回家就问："妈妈，好吗？"她总是回答："好。"

写一本书的困难：我既无能力又无必要为母亲写一本传记。我们的话分这几个层次，由内而外：（一）对自己也不能说的；（二）只能对自己说的；（三）可以对亲人（父母）说的；（四）可以对朋友说的；（五）可以对陌生朋友（读者）说的；（六）没有必要说的。我们写文章，实际上只是在第五层次加上与此重合的第三、第四层次说话，以此来衡量，则关于母亲，关于母亲与我，并无太多的可以告诉不相识的读者的。更多的还是因母亲去世而关于生死的感悟。

我写不出"世上最疼我的人去了"那样的文章——虽然的

确是这么回事。这样的话只能说给自己听，别人无法分担。

二月十日

此番日本之行关于“生死问题”尚写了很多笔记，待另行抄出。

二月十四日

大约谈及生死，中国只举《论语》、《庄子》、《列子·杨朱篇》及《红楼梦》就可以了。

二月二十八日

校周作人《缘日》一文，想起母亲爱花事，颇可一写。晚年养花，身后家中所留诸花。又网纹草荣枯与母亲之命运相关的巧合。从前：去中山公园唐花坞看花，去中山公园和颐和园看紫玉兰。

三月二十五日

关于母亲的回忆，多琐碎细微，著之文字，似乎没有多大意思，然而我与母亲的关系，就是落实于这种普通生活的。

三月二十七日

与虹影谈我拟写的书的思路：片断式的，回忆与感悟相夹杂，由某一点生发，很多引文（母亲的日记和信）。

三月二十八日

我想用我的文字，为母亲造一座小小的坟。

四月二十六日

这本书不仅要探讨死，还要探讨生。

五月二日

与小非谈拟写的书。我要写的书就是记录不存在之后的存在，所以只记我知道的，只记我想记下的。书前要写个序言，讲明我要写的不是传记，而是记忆。

七月十二日

今天才看到毛毛六月三十日的邮件："妈妈的信全部收集好了，不知有没有勇气全部看一遍。光是看到她剪给我的资料就已经泪如雨下。其实没有遗憾，只是从没想到没有了妈妈，心里是这么凄惶，好苦啊！"读之泪下。

七月十九日

晚 Fiona 去机场接回母亲写给毛毛的信，装满了一个纸箱。

七月二十七日

晚同事为熊娉婷饯行，她将赴新加坡。她问我打算写什么，我告诉她要写一本涉及生死的书。这一点想法与小熊一致：很多年前就恐惧父母死去……年龄的差距。母亲病重后，我曾对她说“你生我生得太晚了”。小熊说很遗憾不能当此书的责任编辑。

八月三日

开始写关于生死的笔记，从《论语》始，或当再读《檀弓》。《檀弓》颇有可佐证《论语》者，然恐《论语》材料已够了。孔子：站在“我”的立场；庄子：站在“我之外”的立场；杨朱：从“我之外”回去体会“我”。

八月四日

读了一些母亲二〇〇一年给毛毛的信，非常难过。母亲的信记录的都是普通生活，过去和她在一起的岁月历历在目，然而再也不可企及。

八月八日

抄录今年第一次去日本时有关生死问题的笔记。

八月十四日

读母亲给毛毛的信，写的都是琐事，事无巨细，逐日记录，读了仿佛回到曾经和她在一起的那些年月，一天一天就在眼前，真无法相信母亲已经永远不在了。

八月十五日

读母亲一九九七年和一九九八年给毛毛的信，想起那时买房、装修、买家具、搬家，就像创业那样辛辛苦苦。

八月十六日

关于母亲的写作可以写一节。

看了母亲二〇〇三年给毛毛的信。那年我患忧郁症，给她增添了很多痛苦。回想起来，追悔莫及。

八月十八日

读母亲二〇〇四年给毛毛的信，心情沉重。

母亲的信详细地记述了一九九七年到二〇〇六年几乎每一日的生活，二〇〇七年年底开始写日记，至二〇一〇年三月三十日绝笔。我读时，却总是“倒计时”，想此后她还活了多少时间。

八月二十二日

上午皮皮来，与她谈拟写的关于母亲的书：我的日记不能直接使用，要把“现在进行时”变成“过去时”，以减弱情感的表达程度（不是情感本身的程度）。

九月五日

开始写“三家谈生死”的文章，才得数百字。

九月六日

停写昨日作文，以颈椎病故，亦以引文难以处理，不适用于《大方》，或许择其要者写进关于母亲的书中为宜，书中亦须有此一层次，不然就单薄了。

九月二十八日

下午开始登记母亲给毛毛的信，已完成零二年、零三年、零四年、零五年的。

九月二十九日

继续整理母亲的信，零一年的放得较乱，且不在一处，但终于给理清楚了。其余的待旅行回来继续整理。她当年在信中详述生活，倾诉烦恼，现在难免以一种“倒计时”的眼光来看，觉得特可怜悯。

十月十日

继续整理母亲给毛毛的信件。

十二月二十九日

开始把母亲给毛毛的信装进文件夹。

二〇一二年一月四日

把母亲的信都装进文件夹里了，共装了十二个。

二月九日

今天读了罗兰·巴特的《哀痛日记》，几乎是急不可待地想读这本书，有很多段落值得抄录下来。有很多想法与我想的完全一样。而我没想到（同时对于我将要写的书也是一种鼓励）的是，他竟然毫无顾忌地写下自己失去母亲的哀痛——这种感情其实是很私密的，又很容易被视为矫情或夸张。当然，他并没有想到要出版这份日记。

二月二十日

摘录近一年多来有关母亲的日记，计五万字，拟将相同内容合并，并予充实。

五月二十六日

开始读母亲给毛毛的信。母亲很多生活我原来几乎不知道，或者是忘记了。

五月二十七日

考虑关于生死问题的书（也许可以叫做“服丧日记”）的写法，也许不应该像原来想的那样以此为素材另外写一本书，而是就在现在的基础上，加以补充调整。凡没有具体时间意义的就省略日期，有意义者则存之。罗兰·巴特的《哀痛日记》真是日记，未想发表，故而完全私密的话也可以说，我们看了也不觉其矫情；但是如果生前出版，就不能这么写了。

与母亲在一起过的普通生活，最难描述，因为说来没有多大意思，但是生活的意思就在其中。

看母亲给毛毛的信，重温过去的生活——我都几乎忘了。

五月三十日

试着稍增补“服丧日记”，感觉似乎不对；但是不增补呢，又不成话，我毕竟不是罗兰·巴特。不能站在“当下”写，要置身“后来”，要“隔”。即如废名所说：“近人有以‘隔’与‘不隔’定诗之佳与不佳，此言论诗大约很有道理，若在散文恐不如此，散文之极致大约便是‘隔’，这是一个自然的结果，学不到的，到此已不是一般文章的意义，人又乌从而有心去学乎?”

六月二日

关于要写的书：(一) 结构，如采用片断式，各段文字之间的关系——当然可以无关系，但太零碎了也不行（因为不是一篇文章，而是一本书），要有一个大致的思路。尤其是叙述的部分与感想的部分之间的关系。特别难办的是如何开头。(二) 避免诗化——片断式的写法容易导致这一结果。(三) 内容，包括：回忆的部分；记述现在的部分；议论、感受的部分(最好是由一、二生发而来)，各自的写法。要归拢，但不能过度归拢。(四) 确定对象。也许，是由新的念头和念头的延续(在不止一个片段中提到同一件事，但重点或在前，或在后)

组成的。

读格拉克的《首字花饰》，我要写的应该比较接近这本书的形式。

六月三日

关键在于开头几段。我想到的有：医院院子里听见的对话、与马家辉的谈话、与小燕的后一次谈话，等等，都不很理想。要很自然地“入话”，不要强迫读者接受你所说的和将要说的，不要一上来就情景化，而且有的片断有赖于前面的段落的铺垫。晚上回家的路上忽然想到：也许可以从（一）“物是人非”——“地标”的丧失开始写起。接下去写：（二）死亡意味着缺席——可以公共分享的生活、话题，不再有人分享；（三）记忆与遗忘，时间，接受现实。

也许还是要有个大致的提纲，然后再借助插入片断打破之。

六月九日

读川端康成的《独影自命》。加重回忆的成分，以现有的文本（信、日记）为契机。

六月二十七日

在日本旅游时的想法：一切都转为站在现在的立场陈述。

六月二十八日

重看过去的笔记，稍作润色。一直矛盾着：或者就按原来笔记的大致样子，做些补充和次序调整；或者以此为材料重写。现在似乎较倾向于前一种，但是开头一部分（如何“入话”——引导读者进入语境；必要的交待——使读者明白你在说什么；以及对于全文文体的一种确定）要新写。

七月四日

仍考虑拟写的书：从想法方面来说，有几个主要意思：（一）生与死——存在与不存在；（二）体现于具体记忆的不存在之后的存在，以及此种存在终将随着记忆人的不存在而消失——记忆的意义；（三）指望借助文字或影像手段将这种存在保存下来（无论此举来自故者生前还是生者在故者身后），只能得其“糟魄”，无法传其“精微”。是否大致将内容循此思路安排，或者直接分成几个部分。

七月五日

想起母亲那些剪报，此事当写为书中一段。

七月七日

将有关笔记拆分成若干类，可据此写成若干段笔记文，叙述方式随之可改成事后追述，而非当下叙述。这恐怕会减少不少力度，而且给某些叙述带来不便，如日常生活等节。

七月八日

略安排各则顺序，如此才好起手写。但回忆各部分如何安排，颇不容易。似乎可把回忆由“近”而“远”分为：无由来的——有契机的——纯粹的回忆。书名：“服丧札记”，或“惜别”——齐王融《萧谘议西上夜禁》：“徘徊将所爱，惜别在河梁。”别而惜之，然不得不别。

开始重新看母亲给毛毛的信，现在要写的部分已大致确定，就可以从中取材料了。

七月十四日

下午皮皮来，对她说：史铁生这样的创作者在生前已经将自己生命的一大部分转化为另外一种形式，在自己身后保存下来；母亲是个普通的人，没有创作。我想写的是一个普通人的生与死。

八月四日

母亲不在了，我要写的书与她没有关系，但是我想，母亲常慨叹虚度一生，现在我记录下一些点滴、片段，虽不能弥补她的遗憾，却能多少弥补我的遗憾。

八月六日

读了母亲的信和日记，对她的了解深入多了，要写的书也将有些调整：(一) 因住房而生的烦恼和失望——对“自己的一间屋”的颠覆。(二) 病后，对于“自由”的要求及不能满足。不在交待过程这一层面写作，而在更高的现象与反思的层面上写作。

八月十一日

下午小沙夫妇和代代来，代代后天要回美国了。与她略谈我要写的书：叙述而非抒情，非描写，夹杂感想，但感想与叙述要很好地挂上钩儿。

八月十三日

仍然存在着两个没解决的问题，一是回忆或摘录部分如何安排顺序；一是这部分与感想部分如何挂钩。也许可以从“遗物”入手，如书信、日记、房子、衣物、花草、集邮册、留存的旅游材料、看过的书、小玩意、为我抄录的《老子》等……母亲的世界还在，只是它的主人不在了；也还可以写这世界变化的部分（“物非人亦非”），藉此一一连接回忆或摘录部分。

八月二十六日

现在材料具备，一个多月前所拟提纲，现在看来似乎需要推倒重来。也许可以从“死”（存在/不存在），谈到“遗物”(广义的，可以说母亲不存在了之后仍然存在的整个世界都是），再谈到“记忆”（不存在之后的存在），再谈到“对故者的体会”（不放弃故者曾经存在的立场——有此立足之地，方是存在，作为“主体”存在）。

八月二十七日

大致拟定提纲，共分六个部分：（一）存在与不存在；（二）曾经存在；（三）在死者（从存在到不存在）；（四）不存在之后的存在；（五）母与子；（六）向死而生。

九月四日

大致将母亲的遗物整理一过，并略作记录。回忆多从这些遗物写起：描述一个主人已经不存在而且本身也将不存在的家——从母亲去世一年后，我搬离写起。自这以后，母亲与这世界的关系就是零零碎碎，为一件又一件东西所系，而不是关乎一个家了。

九月二十七日

母亲没有留下什么独特的属于她的东西，类似她一直想写的作品那样——她虽然对我说：我的过去都写在那个笔记本里，但那只是一份草稿，而且没有写完。母亲就这样从这个世界上消失了。想到这一点，我觉得特别可怜。所以一定要为她写点什么。

十月二日

重看抄录的母亲关于花的书信、日记，考虑相关章节如何写法。

在我要写的这本书里，我不止是回忆母亲，还要写出对她的理解，特别是那些以往不理解或关注少的；一个人身后，有人继续理解她，这也可以看作“不存在之后的存在”，与被记忆同。

十月三日

试写第一部分之一至三，得二千八百字，且留置明日再看如何。

十一月十四日

也许可以在《惜别》“梦”的一节后面附上“记梦”，把两年来记下的真实的梦附在那里。

十二月二十一日

摘录两年来相关日记为《惜别日记》，共七万五千字，若再加上抄录的母亲的信，总有十万多字。又重看《惜别》开头部分，想到不应重现完整情境，如此则较接近自己能接受的语境了，是一大突破。

十二月二十二日

修改已写成的开头部分，得四千余字。下午小非应邀来，请他读了，提意见：理的部分勿使之太远（要结合感受，已写部分拟修改）；情的部分勿使之太近（我已注意到了）。

十二月二十六日

当写到“只有在两个死者之间，才真的是一种永远的关系”，想接下去写东东的事，但是还是移到后面再写，因为突然提起这个有点仓促，须做些交待，虽然意思是连续的。

我的日记不能用在书中的材料很多。

十二月二十八日

写成《惜别》第一部分初稿，一万三千字。如果起个题目，可以叫：存在，不存在。

删去原来写在这部分末尾的一段：

写下上面这些文字之后，我忽然想到：我究竟是在向自己陈述一个事实，还是在向自己掩饰另外一个事实呢。我真的完全相信我所相信的那些，真的完全不相信我所不相信的那些么。或者说，我并非执意不相信它们，只是因为它们不能说服我，因而不能慰藉我么。这里也许正体现了周作人所谓“相信唯物论的便有祸了”。现在我写这样一本书，其中是否暗藏着一线希望：有朝一日，我最需要的那一位读者能够看到。而这就意味着，在我内心深处毕竟还是期待——至少不彻底否认——死者存在，死者有知，乃至最终能够与之见面的罢。

十二月三十日

开始酝酿第二部分。不大容易写。第一，还是要以我现在的想法、感受为主，在此（语境的）基础之上，适当摘录母亲的信和日记。第二，要有个叙述的顺序，更个人化的（如养花）要放在已经写出氛围（或曰形成语境）之后。有些个人的爱好，我能理解，但如何与不相识的读者分享。——写出这种理解，不罗列事实。把作为作者的我当成一个“过滤器”或“转化器”。这一部分主要写遗物，包括：（一）她养的花；（二）收集的小玩意；（三）旅游资料；（四）邮票；（五）剪报（关于集邮、旅游、养花等）；（六）她要看的书；（七）要看的碟（我自己的某些东西，与她有密切关系）；（八）给姐姐的信（这若不写在前面，前面如何引用）；（九）日记（这两部分只说她详细记录了最后十几年的生活）；（十）文稿；（十一）照片；（十二）她买的房子；（十三）她的生活习惯，生活方式。可能还要结合我自己现在的爱好，包括旅游，逛古董市。也许都在这里说，下一部分只是强调病中继续实现与无法实现。这一部分主要写“生意盎然”，下一部分主要写“生”的丧失与“生”的愿望。这两部分有对比关系。

十二月三十一日

仍在酝酿第二部分，太细则读者不能进入，太粗则没意思。

二〇一三年一月二日

第二部分，其实不能处处坐实，那就成了回忆录了，而应该维持在“回忆中”，要是写出那种扑朔迷离的意思，就对了。这一部分分段应比较“碎”，这才合适。从哪里开头，是一直在考虑的。想过这几种：（一）“遗物”；（二）普通人；（三）物非人亦非。末一种最好，但与去到某处，引起回忆稍有抵牾。

一月四日

继续酝酿第二部分。

一月六日

试写第二部分，似乎思路不对，须推倒重来。

一月三十日

关于第二部分，应该写的是：曾经的存在。

二月三日

涉及之处（如某一本书，某处地方，某件事）要深入一些。要逗留。

二月八日

第二部分，描写“普通人的存在”——有别于“创造者的存在”。

三月二十三日

继续考虑第二部分。

三月二十五日

开始写《惜别》第二部分。现在大致把握住了这本书的写法：介乎虚实之间。换个名字，可以叫“死赋”。

四月一日

修改已写的文字。

四月四日

普通生活这一部分真是很难写。

四月二十七日

下午张铎来，与他谈到《惜别》一书。第二部分迄今还没有想好如何写法。或许可以这样写：母亲身后事——由此来追忆这个人。

四月二十九日

想到我的《惜别》第二部分（以及第三、第五部分）所以久久不能写成的原因，是我应该逾越长期为自己设置的一个障碍，即纯属私事不值得一写。也可以这么想：死亡使这一切变得值得一写了，因为它们行将消亡。这一次，不怕私密、琐碎、无聊、与读者无关。但也尽量选取那些可能与别人有共鸣的东西来写。我的感受也可以在二者之间建立联系。这几部分其实类似夏目漱石的《玻璃门内》。

五月十一日

又稍修改书稿第一部分。

五月十三日

这几天在想第二部分，应该还是像第一部分那样，以我的感受为主，而不是描述。

六月十九日

把两年半的日记中相关内容分成几类。修改书稿第一部分。

六月二十二日

考虑第二部分的前后次序：记忆——生活气息——遗物，那么遗物就该按生活气息（或者说“生命性”）的强弱排列。其实是自始至终抓住生活气息这一点。

写了第二部分的一个头儿。

六月二十三日

续写一点，感觉不错。

六月二十四日

续写，已有三千余字，似步入正轨。

八月十日

关于《惜别》：可插入两组照片，各四面，一组是母亲各时期的，一组是她留下的遗物。

八月十九日

继续写《惜别》，第二部分已得万字。

八月二十四日

继续写《惜别》，第二部分已得两万字，希望能在去欧洲之前把这部分写完。

八月二十八日

已写三万六千字，只差“花”这一部分了。

八月二十九日

写完第二部分，四万五千余字。拟待从欧洲回来再起手写第三部分。

第二部分删去的两段，其一摘自母亲给毛毛的信，其二摘自她的日记：

“又要做晚饭，熬菜粥，炸灌肠。那天小舅请客，我就吃了灌肠。正好在京客隆买龙须面时看见有灌肠卖，做成长方形，炸了之后软软的，不成‘肠’形。由此我想到在街道上小饭铺工作时，我们卖的灌肠很地道的，水与淀粉有一定比例，北新桥饭馆的师傅教给我们，要用骨头熬出来的油煎，才有味。我买回来给方方吃，他爱吃，在那段时间内生活精神都还可以，主任李大妈对我挺好的，不像毛主任、杨主任那样欺侮人。我每天拿着一二百元送到北新桥饭馆交账，那里对我也好。后来毛主任非把我调回来与老杨、周大妈一块儿收废品，又脏又累，不是人干的活，还蹬了三轮车。往事不堪回首。”

“把（垣根凉介著）《炒鱿鱼面谈官》看完了，写得很残酷，很实际，其实做人事工作的人都是这样，我又何尝没被他们忽悠过。那年人大人事处的两位女同志来我西颂年胡同三十号家里，并没有通过贸易系的曾主任（她们知道曾主任不会同意），和我谈什么身体不好，回家养养，孩子多，我们学苏联的情况，动员这样的人回到家庭中等美言，其实她们只是因为我的不公正的结论决定要刷掉我了，说着好听罢了。当我再要求回去工作，三位校长都同意，而人事处说编制已冻结，无法解决我的问题。人一搞人事就成了没有灵魂的人了，‘杀手’是目前的说法。”

九月一日

补写第二部分。

九月二日

修改第二部分，现为四万七千余字。

九月四日

又修改了第二部分，现为五万字。

九月六日

稍整理两年多来所记录的关于母亲的梦，共七千字，拟附在第四部分之后。

九月九日

整理第三部分材料，稍有思路，待旅行回来续写。

十月十一日

开始酝酿写第三部分。

十月十七日

开始写第三部分。

十月三十一日

写完第三部分，两万三千字。全书已得九万字。

十一月十日

稍整理第四部分材料。

十一日二十六日

整理前此日本之行时所写关于第四部分的笔记，未完。

十一月二十七日

继续整理笔记。

十一月二十八日

整理笔记完，拟就此草稿写成第四部分。

十二月一日

考虑删去原拟写的第五部分，将其中有用的材料（不多）写进第二部分（如对我写电影书的帮助，替我买书，问她问题，抄《诗韵新编》，等）。可惜这样“我的忧郁症”就写不进书里了。不过这部分很难写，写时也会很痛苦。

十二月七日

开始写第四部分。

十二月八日

进展不顺利，眼睛又不舒服。

十二月十四日

写书。下午忽然觉得思路稍通。

十二月十五日

继续写作，此后不续记。

十二月十七日

写完第四部分，一万一千字，又附“记梦”近八千字，共计近一万九千字。曾与老谢商量梦这部分的去取，他说全数都要，不能筛选，只保留有意义的就不真实了。

十二月十八日

修改昨日所写，稍补充，有一万二千字了。

十二月十九日

酝酿第五部分。

十二月二十日

开始写第五部分。

十二月二十三日

勉力写了一点。

十二月二十四日

下午写完第五部分，七千三百字。全书毕，共十二万三千字。

十二月二十六日

开始通读书稿，做些修改。

十二月二十七日

修改书稿一过。此书在我，是穷尽思维之作。

十二月二十八日

下午对书稿稍补写了一点。

十二月二十九日

检点过去所写笔记，又对《惜别》补充了些内容，现约十二万八千字。

十二月三十日

稍改这两天补充的部分文字。下午去街上散步，发现写这本书对我在情感方面毫无帮助。

二〇一四年一月一日

又对《惜别》有所补充，已有十三万二千字了。

一月十三日

修改《惜别》。

一月十七日

又稍修改《惜别》。

一月十八日

开始重新修改《惜别》，老戴看过，提了些字句方面的意见，参考他的意见修改。

一月二十日

修改《惜别》。

一月二十三日

修改《惜别》毕。

二月二十一日

考虑好《惜别》的插图问题，原来设想的“物”的部分舍弃不要，只保留“人”的部分，共八帧，起一总题目曰“相辑”，放在全书之末，每帧单占一页。另外，在书的前面（扉页之前?）印蕗谷虹儿的《蔷薇》。

二月二十二日

整理日记毕。将近一月记下的六个梦补充进《惜别》。又将照片部分改题“留影”，列为第六部分。

二月二十八日

下午张铎来谈出版《惜别》事。

三月一日

听从出版社的意见，修改《惜别》各部分题目，各加了一个意象。(补记：后又放弃修改。)

三月十日

将《惜别》改定稿发给张铎。

三月十二日

上午去世纪文景签《惜别》出版合同，午饭后归。得到美国签证，想起十四年前母亲欲去短期旅游而被拒签，乃成终生憾事，颇觉怅然。此事我在《惜别》中没写到，将来或许可以补写。

三月二十二日

补写《惜别》第三部分一节，一百三十字，待将来加在校样上。

三月三十一日

又为《惜别》补写了一小段话。

四月一日

下午张铎送《惜别》校样来，始阅。

四月四日

阅校样毕。

四月十一日

将昨晚做的梦补进《惜别》，这一部分就齐全了。

四月十四日

收到《惜别》二校样。

四月十六日

阅《惜别》二校样毕。

四月二十日

在 Arlington。走在路上，毛毛提到小桐发给她的照片中有一张母亲和外祖母的合影，此前没有见过。当下就在她手机里看了，很好。托她请小桐重新扫描，以替换原来拟用于书中的八帧照片之一。

五月九日

在 White Plains 姐姐家。晨五时醒，为《惜别》补写了两段。

五月十三日

修改为《惜别》补写的两段，至此真告一段落矣。

五月十六日

下午去世纪文景谈《惜别》封面事。

七月二十八日

下午张铎、苏本送《惜别》样书十五本来。

十月十九日

得小桐微信："妈妈那张单人侧半身照，是她五七年随作家访问团到上海照的，应该不是四十年代的照片。"

十二月九日

拟写《我们的上一代人》小文，未成。

十二月十日

写《我们的上一代人》，三千字，草稿耳，待修改。

十二月十三日

修改文章，将来如果《惜别》再版，作为“后记”添入，可能使这本书更宽广些。

十二月二十五日

契诃夫的短篇小说《苦恼》，写一位年老的马车夫一再想告诉乘客自己的儿子死了，乘客却个个毫无兴趣，他只好向自己的母马诉说不幸。这对于要求别人分担自己丧失亲人的痛苦的人是种劝诫。我写《惜别》，时时记着这种劝诫，写的不是传记或回忆录，而是人人都将面临的生死问题，母亲的事只是例证。只希冀共鸣，不索取同情。

十二月二十九日

修改一篇采访稿，其中有云：“其实我很好奇，他为什么要写这样一本书（指《惜别》）。”写短信给作者：关于拙著《惜别》，前次未及多说，这是我非写不可的书，将来倘有人以“《惜别》的作者”称我，我是愿意的。

二〇一五年一月八日

下午参加新浪十大好书发奖活动。我说，《惜别》是一本向《一颗纯朴的心》致敬的书。其实还可以说，《一颗纯朴的心》中的费莉西泰与《包法利夫人》中的爱玛·包法利是一种有意味的对照，但是分别写得很好；而托尔斯泰在《安娜·卡列尼娜》中与安娜和渥伦斯基的故事形成对照的吉提和列文的故事却没有写好。我希望在死的背景下写好生，尤其是写好生的“好”。这主要是依靠所引用的母亲信件里的话来完成的，但是如果仅仅出版她那些信件也不能达到此种目的。

二月七日

王蕾来电话说《惜别》拟加印，修改了五六百字，调整了一张照片的位置，还将《我们的上一代人》增加为后记（去掉了题目）。

话说北京

有一次和朋友谈起，站在我所住的红星胡同，原先往西可以看得很辽远，后来正对着胡同口修建王府饭店，就全给挡住了。（新近则又有一幢大型商业楼把王府饭店挡个正着。）朋友说：“这个你怎么不写呢？”我喜欢的两位散文家，周作人和废名，一个写过《北平的春天》，一个写过《北平通信》，他们都是南方人住在北京，所以能对这里的春天和下雨有那么真切的感受，因为他们不免想起故乡，心中存着一种对比。我则是生在北京，长在北京，离开最久的一次也没有超过四个月，可以说我只有这么一个北京。当然也去过不少城市，都是蜻蜓点水似的一瞥，如若说比较起来北京如何如何，虽然未必就抬举了北京，总是多少要委屈些拿来做对比的那个地方罢。

但是一方面“司空见惯浑闲事”，想不起来要写它；一方面又很有感受，以致一言难尽。外地人乍到北京，大概觉得北京就是北京，但我们看来这个字眼儿的内容变化就太多了。倒也不是“发思古之幽情”，予生也晚，北京的城墙与护城河还有点印象，牌楼什么的就没赶上。北京城大的变化在我之前已经开始了，我所经历的只是变化的变化。但我也如周作人所说是“以冬读代春游”，所读此类可“代游”的书中又以关乎北京风土者为最感兴趣，自元朝到时下的大概有几十种罢。从前发表过一篇小说，其中有个人物在火车上读书，我让他读的也是《帝京景物略》。我关于北京的感受不仅因为生息其间，耳濡目染，而且也来自于我所读的书，是那么一个混杂的印象。前几天陪士行兄去北海，登到塔山顶上，往五龙亭那边望去，本该是个开阔之感，但西边盖的那些楼房实在煞风景，士行兄说你且想象着没有那片楼，我说我能，因为在我脑子里原本就没有它们。但是那天在夕阳下看见的高楼林立的北京也只能说是一个参差的城市。一切都在变化，或许一切都得变化。电视里曾有一句广告词是：“住进楼房多幸福……”这不是很普遍也很正常的心态么。曾和人商议过应该对照着昔人所写把北京苑林寺庙等一一寻访一遍，看看兴衰存废，可以给清人厉宗万的《京城古迹考》写一个续篇，但这事儿拖了十几年也未曾实行，而十几年里的变化大概又够写续篇的续篇了罢。

北京之为北京当然也不仅仅因为它是那么一个样子，有关的风俗以及人们的兴趣爱好应该说占着另外一半的分量罢。这方面记录得好的有清代的《帝京岁时纪胜》、《燕京岁时记》等，金受申三四十年代写的那些总题为“北京通”的文章也是这个路数，前几年曾编为《老北京的生活》一书出版。但据整理者说，有的“原来是同一个题目，但分多次刊登，属一题多篇的，这次则合而为一”，“有的原来若干篇，题目相近，但体例不一，属多题多篇，这次合编成为一篇，另起篇名”，所以这也就很难说还是金氏的原著了。当然书中所记四季时令、婚丧礼俗、消遣娱乐等等也还是很有意思。不过我在读的时候却是意外受了一个打击，我想他所说的北京人的爱好，譬如养鸟、养金鱼、养蟋蟀什么的，我是一样儿也没有做过，而且压根儿就不喜欢，大概我还是算不上什么真正的北京人罢。我的朋友比如士行兄，就非常精于此道，而且每样爱好他都说得上是全身心地投入，这从他写的《鱼人》、《鸟人》和《棋人》这三出戏里看得出来，他的作品仅仅从民俗学考虑也有其独立的价值。而我不仅诸如鸟市、古玩市场这些北京人的活动场所很少去，就连北京人最基本的社交活动——聚在胡同里聊天，或在路灯下下棋，我也不曾参与；我只是在我的小院里深居简出读我的书而已。

士行兄把他的三出戏统称为“闲人三部曲”，从前也有不少文章以这个“闲”字来形容北京人，从极致讲当然也就是闲适，养鸟、钓鱼、下棋等都是这种极致，但若论极致其实这在中国各个地方反倒都是一样的，而这极致中所体现的那个精神是弥散在绝大多数北京人一言一行当中，依我看这最是北京人的特点。养鸟、钓鱼、下棋的到底还是少数，这些一样儿也不干，其实也还是北京人，因为他也还是闲——这个闲字，大概也就是不太紧张而已。那天我和士行兄从北海出来，穿过一条小胡同，黑地里有人坐着聊天，说道：“美国人收拾了萨达姆，这回该轮到卡斯特罗了。”我听了不免好笑，这关他什么事呢，难怪废名要说“敢情北京人是真个有闲”了。

一九九五年九月一日

北京的风花雪月

前些时朋友聚会，有人谈到坊间有本畅销书，书名叫哪儿的风花雪月，是否也能仿效人家写一本“北京的风花雪月”呢。说这话的人来自外地，大概很是热爱北京罢。但是恐怕有一点儿弄拧了，就是该拿风花雪月去找地方，不能反过来拿地方去凑风花雪月。不然歪曲了那地方不说，也糟蹋了这个词儿了。

说到北京，我的确怀疑有没有什么风花雪月。当然要说这是明明白白四样儿东西，那么倒是都有。头一样儿风就不小，过去春天街上常常看见女人用纱巾包裹着脑袋走路，以至个个不辨面目。我写《如逝如歌》，有一句“追逐每束驰骋的纱巾”，便是由此所得的意象。而且在北京，风其实就是“风沙”，被风填了一嘴沙子，乃是常有的事儿。至于其他几件，花事季季都有不同，雪每年总要下几场，月则月月阴晴圆缺，一概无须多说。但是有又怎么样呢，或者要说风花雪月原本不能这么分开来讲的，这是一码事情。可也不是说能够四合一就行，咱们北京大概一年总也能找到一两天都赶到一块儿的罢，可是风、花、雪、月都有了，不一定就有“风花雪月”。它们似乎在意思上并没有打成一片。所以这话不能那么坐实，还是一种比喻。比喻有喻体，有主体，先别管那个主体是什么，单说喻体，无论北京的风，还是花、雪和月，几乎都不大适用。我觉得未免都太强烈，太过分，没有那种温柔朦胧的韵味，所以烘托不出一个北京的风花雪月。我在北京待了四十年，深感此地往最好了说就是爽朗大方，其不宜缠绵抒情、风花雪月明矣。如果真要冥思苦想写出一本“北京的风花雪月”，岂不成了效颦的东施了。

当然能够成就一场风花雪月，也不只是与上述所说有关。此外比如地理环境，风花雪月字面上只说了四样儿，其实还有一样最重要的没说到，就是风花雪月往往是发生在水边的。北京少水，这是它的先天不足。而且这个水主要还不是公园里的水，它该是民间的，随意的，普普通通的，仿佛沿着小胡同走着走着就遇见了一条小河，最有这个意思。当初把前门外的护城河填了，又把环城的护城河填了一部分，说来都是大煞风景之举。这两条河我还见过，可惜当时年幼无知，不懂得这个情调，待到略晓一二了，那地方早变成汽车堵塞的大马路了。现在略有点儿风花雪月的可能性的，恐怕就剩下后海一带和筒子河边了罢。讲到这里我想起威尼斯来，夜里我独自在街上闲逛，走到小巷尽头，往往便是一道流水，不得不折返回来；城里没有汽车，喇叭喧嚣是从不耳闻的，偶尔听见的，不是吉他声，就是歌声。不知道那里有没有风花雪月的说法，虽然氛围较之前面所述，未免略略浓重了一点儿。但是风花雪月的确是讲究背景声音的，没有合宜音调，一片寂静也行。苏州号称“东方威尼斯”，不过河水恶臭，令人掩鼻，所谓“人家尽枕河”，未必是个境界；威尼斯也有股海水腥气，毕竟于人无甚大碍。若论风花雪月，气味亦为重要因素之一。说来风是暖风，花是花香，都不浓烈，但是亦不可付之阙如，雪与月则平添一番清新，这些北京都是没有的，也就是多少有点儿乏味罢。

另外风花雪月一语，本有怀旧之意，出现在那个氛围里的，总该是些陈年老房子，若高楼大厦就未免发生抵触。这也是我走过世界上几个地方，就中最怀念威尼斯的原因。威尼斯地基本不坚实，房屋又多用碎砖石建成，天生一股颓废气氛，好像总有一天，整个城市终将颓然倾圮似的。那年我便亲眼看见河畔一座教堂，半边塌到水里。游人至此，不能不多所体味，深恐此情此景，他日不复再见。相比之下，北京一副欣欣向荣、日新月异样子，以此而论，未免不着边际。风花雪月俱往矣，时代进步，合该如此。说来这也牵涉到人，特别是女人；譬如衣着之类，好像也不无关系。此刻正是冬天，从窗口望去，个个皮衣长靴，“万里赴戎机”似的，与昔日之小袄棉窝，到底意味不同。此外还有一点，可能更其重要，风花雪月里人说些什么话呢，操用什么语调呢，前者不用提了，北京人说话太麻利，太尖锐，不像吴侬软语那么有韵致，这好像也是吃亏的地方。

二〇〇二年一月八日改

住在北京

这篇文章应该叫“住在北京的若干适宜与不适宜之处”。说来知堂六十多年前曾经写过类似题目，名为《北平的好坏》。找出来重读一遍，觉得今昔意趣相去甚远。譬如他说这里第一是气候好；可是我觉得北京之不适宜居住，至少第二条即在于此。知堂列举了两点，其一是“据人家说，北平的天色特别蓝，太阳特别猛，月亮也特别亮”；其二是“空气干燥”。后一条大概还是照旧，可不论对土生土长的北京人，还是对外来的朋友，都好像不再是什么好处了。关于头一条，知堂有说明云：“习惯了不觉得，有朋友到江浙去一走，或是往德法留学，便很感着这个不同了。”这番话如今还能用上，可给人的感觉正好是相反的。譬如天色之蓝，月色之亮，住在城里乃至市郊，已经无从享受；夜里抬头看星，影影绰绰几颗而已。前不久我去昌平山里开会，这才见着满天繁星；白天在院子里合影，又被阳光刺得睁不开眼。我想起知堂的话，明白就连太阳之猛，城里也谈不上了。我因开玩笑说：空气污染倒也不错，可以遮挡紫外线。北京气候的另一特点，就是冬天太冷，夏天太热，春秋两季太短，尤其春天，简直倏忽而过，——知堂另外写过《北平的春天》，也说："北平到底还是有他的春天，不过太慌张一点了，又欠腴润一点，叫人有时来不及尝他的味儿，有时尝了觉得稍枯燥了，……"可是他实在宽容，不把这算作坏处。但是我想总归不是好处。至于夏天太热，冬天太冷——还要加上一句，太长——恐怕就不能不说是坏处了罢。

知堂谈到北京的好处，所列举的第二条是"人情也好，至少总可以说是大方"。这涉及当时之北京人与非北京人，当时之北京人与现在之北京人，现在之北京人与非北京人的比较，对此我一时难置可否，亦无从断言其间有无变化。不过关于北京的人情，我也有一点体会，而且视为好处之一，就是北京人似乎不很急躁，至少在当今之世，不算最急躁的。北京的生活节奏不算最快。当然别人对此或许不予是认；即便是认，也会批评为不思进取，效率低下，那就成了缺点或坏处了。这问题相当复杂，如作价值判断，则要具体考察某个人，某件事；到底该快该慢，或许见仁见智。姑且把这看作一种背景，或者说空气罢；生息其间，总比为过于急躁迫切的人群所包围，稍许舒服一点。

知堂说："北平也有我所不喜欢的东西，第一就是京戏。"这关乎个人爱好，换了别人，宣称这是他最喜欢的东西亦未可知；这里且来讲点别的。要论居住北京的不适宜处，第一是城市太大。这一点知堂没有提到，因为他那时候还不存在这个问题。人们谈到北京，总说局面宏大；现在这个样子，却是近二三十年发展的结果，我小时候东直门外还是一片麦地呢。然而北京之大，在我看来颇有大而无当之嫌。"无当"在于日趋严重的交通问题，无论到哪儿去均耗时良多，甚是不便。与城市扩展相伴随的，是一些熟悉的景色从我们生活中消失。知堂写《北平的好坏》之前几年还有一篇《郊外》，其中写道："今年北京的秋天特别好，在郊外的秋色更是好看，我在寒风中坐洋车上远望鼻烟色的西山，近看树林后的古庙以及沿途一带微黄的草木，不觉过了二三十分的时光。最可喜的是大柳树南村与白祥庵南村之间的一段S字形的马路，望去真与图画相似，总是看不厌。"所说大概相当于从北二环到北四环外，如今我们走同样路程，只能看到楼群与马路了。说句老实话，北京差不多成了没有建筑风格的城市了；或者说，北京的建筑风格，已在这些年的发展之中逐渐消失。这与前述景色之消失一样，都谈不上什么坏处，但总归令人遗憾。

不过话说回来，北京原来的四合院虽然自成特色，居住却颇为不便，尤以上厕所和冬日取暖为甚，加之人口增加，生活空间逼仄，搬进楼房，自然宽敞舒适许多。北京当然还有很多好处，譬如谋生与发展的机会都多，实际上对前辈人来说也是如此，譬如知堂自己就是这样，只不过他没有谈及而已。

二〇〇三年十一月十六日

《姑苏一走》抄

苏州我前后去过多次，但是说来奇怪，后面几回反而记不真切了，印象较深的还要数最初三次。分别是在一九七二年，一九八一年和一九八六年。第一次由姐姐带着，父母先给写好了该到哪儿玩，我们老老实实按图索骥，不在列的则过门而不入；第二次我写过几十首诗；第三次则记了些散文似的东西，勉强也可以算作游记罢。日前从故纸里找到手稿一束，即此是也。小序有云：

“今年正月，我第三次去苏州，作有小品数十则，录如次，总名之曰《姑苏一走》。其后又去过一趟，系与人同行，却是只字未写。丁卯六月二十，止庵记于北京。”

此乃练笔之作，所以向未发表。这回重阅一过，幼稚自不待言，然而勾起些许旧日记忆，倒也有趣。那次我是出差，住在乐乡饭店的老楼，不知道那房子此时拆了也未。以后我从什么书上得知，原来知堂老人苏州之行，正是下榻这里，这也是有意思的，但是提一下也就行了，并没有攀附之意。我的公事不过两三天的功夫，不知怎的呆了一个月，每日里独自东游西逛。人家来到苏州，必得涉足的那些园林，我此前两次早已去过，这回无非是旧地重游；有些外地游客不大问津之处，也给我找着了，旧稿中即有艺圃、耦园、双塔、环秀山庄、全晋会馆诸题目。苏州左近地方，譬如太湖镇、西山、盛泽、南浔、角直、常熟等，也都到了。听说西山与东山之间修了大桥，那是后来的事；我当年还是从陆港乘摆渡船去的呢。曾在岛上住过一宿，夜里小镇漆黑一片，甚是寒冷。

那时的苏州，晚上也是整个城早早就入睡了。六点钟店铺一律关门，只北局一带稍有去处，旧稿中有“音乐茶座”一则云：

“晚上苏州书场办音乐茶座。一共大概有五十张桌子，每桌四人，坐得满满的，到处都在吸烟，熏得人头晕眼花。服务员穿行在座位间，卖些饮料。我因晚饭吃得不够，点了两块奶油蛋糕，干得呛人。演出开始，舞台本为评弹准备，一个小乐队便有些挤，架子鼓手似乎转不大开身。天花板上的彩色小灯泡随音量高低而变化。第一个唱歌的女人又高又胖，简直是庞然大物；第二个有些心不在焉，唱完一曲不等人鼓掌就唱第二曲，全唱完了转身就走；第三个总跟不上乐队的节拍；第四个是个小伙子，瘪三模样；第五个……总共七八个人唱歌罢。观众胡乱起哄，苏州人这方面与北京人无甚区别。演出结束，演员几乎同时出来，骑上自行车就走了，仿佛下班了一般。”

以后我来苏州，总是行色匆匆，几无闲暇，不知苏州书场如今还在不在，晚上又如何打发。当年这地方白天我也去过，不过是去听评弹的，旧稿中亦有“评弹”一则云：

“下午二时，北局的苏州书场有评弹。进得门来，台下布置一如晚间，但是灯光黯淡。依旧烟雾缭绕，且嗑瓜子之声不绝于耳。听众坐满了，几乎都是中老年人，我在整个苏州似乎都未见着这么多老人，而且看样子社会层次都不高，这也有趣：这种纯欣赏性的活动竟存在并延续在这个层次之中。一人供应一杯茶，算在票价四角钱里，茶质低劣。节目是《珍珠衫》，无锡县评弹剧团演出，正是在半截上。男艺人叫程振秋，女艺人叫高小蓉。我对苏州话，每每在听懂听不懂之间，所以纯属听个新鲜。那男艺人似乎说胜于唱，但颇沉郁；女艺人一副好嗓子，音调高亮，直要透过屋顶；韵味醇正，又似在屋顶之下萦绕反复。不知这样的艺人算是几流，但对我这外行之最外者，觉得确是享受。晚上电视节目也是评弹。仔细想来，这艺术也很精到，叙述与表演，同一演员表演不同角色，变换只在转瞬之间。这要算得一种极端的间离效果了。”

我在乐乡饭店，同屋住的便是南京来的两位评弹演员，一老一年轻，老的胖，圆圆的脸；年轻的戴副眼镜。记得他们说，这东西没有多少人听了，南京原来有四十多个书场，只剩下一个。苏州书场晚上改为音乐茶座，也是他们告诉我的。说来这是将近十五年前的事了，不知道现在情形如何。少作文笔殊不足观，其有关游山逛水者尤甚；且抄录昔日见闻二则如上，算是记述一点往事罢。

二○○○年十一月六日

小巷及其他

我去苏州，以将近二十年前那回停留最长，足足一月。其间写有随笔若干，题为《姑苏一走》。此乃游记之属，碍难写好，是以迄今藏诸箧底。其中有“小巷”一则云：

“说实在的，苏州之美，首先倒要在那些小巷。狭窄，阴湿，古旧，曲折，真不知走进了历史的哪一页。仅仅是某些名称就令人神往了。比如‘干将路’，颇使我惦念着此处会不会觅着那口‘冷冷如一段冰’的宝剑呢。小巷里不时显出一处门面或一角飞檐，我想倘是让住户搬出，在门口添个收票的，又不知多出多少园林了呢。有些东西北京见不着：时常逢着的一口井，上门板的家门，门口摆着的便桶，商店广告牌上写着的“噰！”……这类东西，很是好玩。至于巷口街头的一道河，一座桥，倒不使人生什么快意，河水黑乎乎的，什么都在里面漂着，永远的一股臭味儿，不免连杜荀鹤那‘君到姑苏见，人家尽枕河’的诗句也讨厌了。”

现在的苏州，似乎已与那时颇不一样，大马路——好像就是“干将路”罢——横贯城市而过，大概也没有人再吃井水了，至于河水是否治理好了则不得而知。不过回想起来，好像不再当成那么难以容忍的事儿了，反倒以为自己从前未免大惊小怪。总而言之，我还是觉得当年的苏州更有味道一些，因为与其他地方多有不同，尽管包含着不少不美与不便。当然我也明白，二十年间苏州乃至全国的种种变化，乃是时势使然。大家都希望生活得好，便利，好与便利却往往是缺乏特色的。所谓变化，换个说法，无非是趋同罢了。

当年我在苏州，喜欢漫步于小巷之间。我曾冒雨走到水陆盘门，时近日暮，满眼沧桑。也曾在人民路的长途汽车站搭车去甪直，车辆破烂不堪，玻璃涂满泥浆，窗外什么都看不见，时而猛地一颠，知道过了一座桥。身边都是农民，极本色的样子。这番际遇，大概如今也不再有。几处有名园林，譬如网师园、沧浪亭，我都很喜欢。去年旧地重游，曾与王稼句、陈了善、李辉、徐峙立诸君到沧浪亭喝茶。这里再来抄录旧稿中“沧浪亭”一则：

“沧浪亭我去过两次，但好像过去没走到这许多地方。地方并不大，但有几个特别之处：一是以水与外界相隔；一是多植竹子；一是处处曲折，绕来绕去。园中最高处有亭，名沧浪，乃是取自古歌：‘沧浪之水清兮，可以濯吾缨；沧浪之水浊兮，可以濯吾足。’亭为宋人苏舜卿所建。柱上有联：‘清风明月本无价，近水远山皆有情。’似不甚佳。清高之外，不无世俗之心流露。园中竹子这里一丛，那里一片，但因为苏氏佳句‘秋色入林红黯淡，月光穿竹翠玲珑’在前，我也说不出什么。园南端有看山楼，名字取自虞集的诗：‘有客归谋酒，无言卧看山。’原先此处可以眺望西郊灵岩、天平诸峰，但现在四周楼房林立，竟无一点缝隙，那‘近水远山皆有情’也就无从体会。风月当然依旧无价，无拘清否明否。”

文章写得未免浅薄，但当时已有今昔之慨，也是有意思的。却说这回重来，对园林并无新的感受，倒是觉得苏舜卿的两句诗堪称奇绝，虽然当时既非秋天，又非晚上。我近来一再有类似想法，不妨趁便一说。李白登黄鹤楼而太息：“眼前有景道不得，崔颢题诗在上头。”是乃“崔颢题诗”，不独令后人“道不得”，亦压过“眼前有景”也。那天游罢沧浪亭，几个朋友相约去拜访陆文夫。陆著小说我只读过一篇《小巷深处》，而他恰巧就住在沧浪区的“小巷深处”。因为素不相识，见面只是道声问候而已。前不久他去世了，我在《文汇读书周报》上读到稼句兄的悼念文章，结末说自己酒醉，一连讲“苏州没有人啦”。我不由得受到震动，想起从前所读《小巷深处》。陆氏殆得苏州神韵者乎，如此则其作品传世，这城市无论怎样变化，亦无妨矣。吾辈毋庸饶舌，且去读他的书便是了。

二〇〇五年八月二十四日

巴黎的咖啡馆

一九九四年春天，我第二次来到巴黎。像巴黎这样的城市，头一次来肯定是不得要领的，造访的往往只是旅游者常去的几个地方：卢浮宫，圣母院，凯旋门，埃菲尔铁塔，诸如此类。而且我上回缺少一位好的向导。这次就有所不同。我到的第三天下午，François Morin 来找我，问我想到哪儿去。此前一天，我已经去过从前没来得及去的圣心教堂和蓬皮杜艺术中心，“第一次来巴黎”的课也算是补完了。我说你先带我去那个与存在主义有关的咖啡馆罢。——当时我还说不出确切名字，因为是从波伏瓦所著《盛年》得知这个地方的，书中它被译作“弗洛”。Morin 说，那是 Café de Flore——“花神咖啡馆”。

花神咖啡馆在一处街角，门面很大，门外放着不少藤椅，当时天气还冷，所以一概空着。我们推门进去，里面坐满了人，来到二楼，在窗边找到座位。我只顾四下张望，但是没有看见任何与“萨特”或“存在主义”有关的标志。记得《盛年》写道：“Café de Flore 有着在别处找不到的特点——它的专有的意识形态。这一小批每天必至的常客既非放荡不羁者，也非完全的资产阶级分子，而主要是电影戏剧界的人。他们靠不确切的收入，现挣现吃；或者靠未来的发迹生活。”这是半个世纪以前的事了，一切早已烟消云散。我来这儿无非瞻仰一点遗迹而已。

花神咖啡馆与巴黎同等规模的咖啡馆相比，好像并无特殊之处：很多人坐在那儿，看来都是寻常之辈；在喝咖啡，喝啤酒，吃简单的西餐，聊天，看报纸。我想起波伏瓦说的：“晚上，我们在 Café de Flore 见面，那儿除了代用啤酒和咖啡外，别的什么也喝不到。”那是战争年代，自然今非昔比。Morin 替我要了一杯英国啤酒，牌子我没有记住，后来也没再喝过，但是味道的确很好。

波伏瓦说，她在这儿遇到加缪，还有热内；她在书里详细描述了对他们的最初印象。说实话，此时我对萨特和他的存在主义，兴趣已经不及对这两位作家那么大了。我来这儿，不啻是追忆自己逝去的一段岁月。上大学时，刊载《存在主义是一种人道主义》的一期《外国文艺》，被我翻来覆去地看个没完。后来我在书中写过：“存在主义哲学，特别是‘选择’一说，可能给予过社会中很多‘我’以极大振奋，至少对我本人来说是这样；而我和别人一样，当时都很需要受到这种振奋。”对此我自有一份感激之心，所以要来存在主义的诞生之地体会一番。不过相比之下，反倒不如《盛年》中写的，更其令我难忘。

以后我又到巴黎两次，其间也去过不少咖啡馆，无非喝杯啤酒而已。印象最深的是香榭丽舍大道上的一家，门口摆满了红玫瑰。那天我和 Morin 坐在窗边，一直呆到华灯初上。许多漂亮女人从面前经过。我开玩笑说，也许应该有个规定，长得不好看的不许在这儿露面。他说你这想法有点可怕。

二〇〇三年十一月三日

奥赛及其他

巴黎的博物馆，我去得最多的是奥赛，前后大概在十次以上。这与我个人爱好有关。我对绘画的看法大致是以印象派为分界，比起此前如卢浮宫所收藏的那些，更喜欢印象派以后的作品，而这在奥赛能够看到许多。奥赛原本是个火车站，与卢浮宫隔着一条塞纳河。每回去巴黎，我得了空闲，常往这儿跑，有两次竟忘记了星期一休息，扑了个空。

印象派画家特别讲究光，无论莫奈、雷诺阿的室外光，还是德加的室内光，都把握不易，简直稍纵即逝；面对原作，才看得出种种复杂之处，而画家用心，往往就在这里。对我来说，有时真正体会要经历一个过程；然而也靠当初所留印象打下底子。例如马奈所作《阳台》。女模特儿是画家莫里索，脸略略偏向一侧，内心仿佛激动不已，其他几个人则举止僵直，表情呆板；他们都站立着，构成画中稳定不变的因素，莫里索虽然凭栏而坐，却体现出一种运动趋势——对于上述稳定成分，好像有所背离。前几天大洪兄来访，我翻开画册给他看，他说莫里索长得有点儿像黛米·摩尔，我再一看可不是么，或许在马奈眼中，她也是那种肉体里孕育了大量激情的女人罢。莫里索曾说："（在《阳台》里）我与其说是丑陋，不如说是奇怪；似乎'凶的女人'这个绰号已经在好奇者当中传播开了。"那么马奈这一发现，好像她自己并不完全知道。这幅画画幅不小，我一直记得莫里索那奇特的表情和眼神，这下明白是怎么回事了。

奥赛所印藏品画册讲到"开依波特遗赠品"一事，说来很有意思。奥赛博物馆的前身是卢浮宫的印象派绘画馆，而后者承袭了以后为现代艺术博物馆所取代的卢森堡博物馆的某些藏品。开依波特于一八九三年逝世，将所收藏的六十五幅油画遗赠给国家。那时印象派的成就还没有真正得到承认，《印象画派史》说："政府非常狼狈地接受了他的礼物。"而由此引起一片抗议之声，政客、学院院士和评论家们皆斥为道德堕落。结果卢森堡博物馆答应留下部分遗产，其余的则被拒绝。"莫奈的十六幅画只被接受八幅，毕沙罗的十八幅画被接受七幅，雷诺阿的八幅画被接受六幅，西斯莱的九幅画被接受六幅，马奈的三副画被接受两幅，塞尚的四幅被接受两幅；只有德加的七幅被全部收了下来。"这大概算得上是法国博物馆史上损失最大，也是最丢脸的一页罢。尽管如此，仍然不失为一个划时代的事件，按照奥赛画册前言的说法，“印象派的作品于是‘强行’进入博物馆。”而马奈的《阳台》，就在当时被接受的作品之列。

除奥赛外，我还喜欢去蓬皮杜艺术中心和现代艺术博物馆。这里可以看到比奥赛所藏更现代的绘画。在现代艺术博物馆，我先后参观过蒙德里安和皮埃尔·苏拉热的画展。苏拉热的画都用厚重的黑色油彩画成，灯光照着上面的刮痕，发出强烈的白色反光，他所要的就是这个效果。而印成画册却完全表现不出来，所以他说得上是彻底拒绝被印刷的画家。博物馆在塞纳河北岸，站在附近遥望对面的埃菲尔铁塔，似乎是个合适位置。正如罗兰·巴特在《埃菲尔铁塔》一文中所说，在巴黎哪儿都可以看见铁塔，但是我还是觉得从这儿望去，它显得特别漂亮。当然夜里乘飞机经过巴黎，所看见的铁塔更令人难忘，大概是世间最美的夜景了。不过当年铁塔刚建成时，很多人却认为丑陋极了，简直不能容忍，莫泊桑即为其中之一。据巴特讲，“莫泊桑常在埃菲尔铁塔上用午餐，虽然他并不很喜欢那里的菜肴。他常说：‘这里是巴黎惟一一处不是非得看见铁塔的地方。’”时过境迁，铁塔竟然成了巴黎的主要象征之一。当我看到设计者埃菲尔作为法国建筑方面的代表人物（如同居里夫妇代表科学，塞尚代表美术，圣埃克苏佩里代表文学一样），头像因此被印在法郎纸币上时，不禁想到：到底是人们原来思想保守，还是习惯成自然，抑或艺术观念更新了呢。

在蓬皮杜艺术中心，我也看过不少展览，譬如本雅明的生平展，恩斯特的雕塑作品展等。第一次来还闹了笑话：出了画展展厅，我沿楼梯下来，看见很多人排成长队，还当是另一个展览呢，就跟在队尾。未了才知道原来大家是等候进入阅览室读书。法国人爱好读书，的确名不虚传。我到这里，另有一个原因是蓬皮杜中心作为建筑，值得反复观赏。中心在一条街的一侧，走到附近才完全显露出来。建筑物的各种管道都暴露在外面，的确非常别致。如果说莫奈等人所画尚是农业时代之美，那么这就是工业时代之美了。在这个世界上，美是贯穿始终，包容一切的；而我们不可能停留在美的历程的某一阶段。我很喜欢这样别出心裁，进而联想起印象派绘画，埃菲尔铁塔，以及诸如此类的事情。其实巴黎原本就是标新立异之地；而一部艺术史，说穿了也离不开这四个字。艺术史容纳的只是创新，在这里它们成为永恒。

二〇〇一年十一月十日

日本旅行琐谈

今年一月下旬，我又去了一趟日本。二月中旬才回来。大前年，前年和今年，我都去旅行了，没在国内过年。去年则是大年初二出的门。春节假期，不用来旅行实在可惜。

二月八日，我在四国的琴平。早晨起来，向窗外望去，老街小巷子里积着厚厚一层雪，而且天还在落雪。泡了温泉，吃过早饭，七时四十五分出门，借了旅馆门后放着的竹杖，去象头山山腰上的金刀比罗宫。我们住的旅馆就在表参道的路口。这时地上的积雪已有五六厘米厚。没想到在日本南部还能遇到这么大的雪。一路上行人很少，两边的店铺也多半没有开门。一两个早起的老人向我们打招呼，意思是这么大的雪还上山。从前去过的神社多半都在平地或者小山上，很少有这么高的。雪越下越大，估计一下总有三十厘米厚。一共登了七百八十五级石阶，先后到大门、旭社、御本社，雪中山景、神社建筑均极其峻美，在寂静中突然会有大块积雪从房顶落下重重砸在地上的声音。这可以说是此番四国之行最难忘的记忆了。

我从没有参加过旅行团。参加旅行团可能会有许多好处，譬如车接车送，但是去日本其实并不需要，因为那里的交通太方便了，而且无论火车还是巴士都特别准点。我们有时一天换四五次车，换车的间隔最少只有一分钟，仍然很从容。或许多约几个朋友一起出行也是好主意，然而每个人的兴趣和爱好都不一样，统一行动有困难。当地朋友接待陪同是很多人喜欢的旅行方式，但是我觉得，在日本自己活动很容易，没必要给别人添麻烦。我在日本也有朋友，每次去见上一面，此外就不再打扰人家了。

我是个读书人，读书其实就是“纸上游历”，现在旅行，读过的书也给了我许多帮助。夸张地说就是时时能与过去心仪的作家相遇。譬如我去三鹰朝向风博物馆（也就是通常说的“宫崎骏博物馆”），下火车沿风的散步道而行，道边是玉川上水，水浅而小，几为岸边竹木遮蔽，此乃当年太宰治和山崎富荣情死之地。太宰治的墓就在三鹰的禅林寺，墓碑上书“太宰治”三字，旁边一座墓碑则书“津島家之墓”（太宰治本名津岛修治）。一九四九年十一月三日，太宰治的弟子、同为“无赖派”的小说家田中英光在此服安眠药并割腕自杀。太宰治墓的斜对面是森鸥外之墓，墓碑上书“森林太郎墓”。我还去过镰仓的七里滨以及水上温泉，都是太宰治自杀未遂的地方。我去青森的五所川原，从那里乘私铁津轻铁道往金木，火车上摆着一排太宰治的著作。金木的斜阳馆是太宰治故居，他出身于大地主之家，斜阳馆是一座豪宅，在那个穷地方给人一种居高临下、格格不入的感觉。我还去了热海的起云阁，这里曾经开设过旅馆，是包括谷崎润一郎、太宰治在内的很多作家偏爱的地方。太宰治在这里写作《人间失格》，与山崎富荣情死前三个月，他们一起在别馆的“大凤”房间住了两晚。把这些地方串连起来，我几乎遍寻了太宰治一生的足迹。老话说，读万卷书，行万里路。如果没有读万卷书的经历，我现在的旅程应该也不会这么有意思。

自由行要事先做攻略，包括旅行路线，停留哪些城市，去哪些地方玩，交通方式，住哪家旅馆，等等。每次出行之前，都要为此花很多工夫。这里最难解决的问题是在一个地方停留多久。是半天，一天，还是两天。时间不够，必然仓促，有些该去的地方来不及去，而以后未必再来这里了，夸张点说是终生遗憾；时间太富余也有问题，至少耽误了去别的地方。

我去过岐阜县的白川乡，是从金泽乘巴士去的，那是第一次乘日本的长途巴士，还提前托人订了车票，待到上车发现连我们只有五位乘客。白川乡是世界文化遗产，以合掌屋著名，也就是人字形茅草顶的木房子，地炉、马厩、水车、神社这些传统的农村建筑，都是祖祖辈辈传下来的。村里没有垃圾桶，游客要在离开时把垃圾带走。我们预订的是一家民宿，叫“十右エ門”，这家人已经在这房子里住了三百多年。主人笑着对我们说，我们的村子二十分钟就转完啦。的确，完全可以不在这里留宿，虽然在那里度过的一个夜晚印象美好。我们在村里闲逛，爬到山顶的瞭望台俯看村落全景，又去泡唯一的温泉“白川郷の湯”。傍晚沿老街走回民宿，临近，闻到紫苏的香味。我们住在一楼，打开隔扇门，对面就是池塘，有金鱼数尾。晚饭美味可口，还有老妇为弹三弦。饭后打伞出外在雨中闲逛，村里没有路灯，只有住家窗口透出的灯光。夜晚非常安静，听得见四处蛙声。

曾有人问我日本自由行的攻略，我答：概言之，去偏僻之地，住日式（带温泉的）旅馆。我看人家去日本旅游，老是在东京、大阪、名古屋等几个大城市转，我觉得这么玩法，其实没有领略到日本真正的好处。京都虽然很好，是必去之地，但日本除了京都之外，还有许多值得去的地方。我的经验，通新干线的地方往往不如只通 JR 的地方，通 JR 的地方往往不如只通私铁的地方，通私铁的地方往往不如只通巴士的地方。只通巴士的，如我去过的白骨温泉、乳头温泉、万座温泉、草津温泉、四万温泉、白川乡、上高地、马笼到妻笼那一段中山道、松崎、室户岬、足摺岬，虽然偏僻，其实都是名胜。

我看人家讲到日本温泉，就只提箱根；到东京，则必去浅草，说句不敬的话，这多少有点“未能免俗”。上述两处大概都是旅行社组团的目的地，自由行未必非得要凑这个热闹。

日本旅行的好处，在于便捷，安全，舒适。去日本一定要在行程里安排住几次日式旅馆，否则很难说“不虚此行”。日式旅馆多是私人的，代代相传，有的是“八代目”，有的是“十代目”甚至更多。客人来此多是“一泊两食”，即住一晚，吃晚饭和早饭。晚饭往往是怀石料理水准。日式旅馆其实是上好的餐馆，那两顿饭的价值几乎就相当于所交房费，住（八到十几叠的房间）实际上是半送或全送的。如果你住不止一晚，那么第二天店主一定会重新为你安排菜单，不让吃的与前一天重复。

在日本泡温泉是很好的享受。温泉有偏酸性的，有偏碱性的，有的水质清亮，有的呈铁锈色，有的温度很高，放个生鸡蛋进去马上就煮熟了，降温之后人才能泡。最好是露天温泉，我泡过山顶的，海边的，还有大雪之中的。在日本旅游，我们每天都走很多路。这回去四国，那里有传统的八十八寺巡拜，我们从第一寺灵山寺走到第七寺安乐寺，共十八点一公里。长途跋涉之后，泡温泉最解乏了。

还有一个吸引我到日本旅游的原因，就是东京及其附近、大阪、京都这些地方的骨董市。譬如大阪的四天王寺大师会（每月二十一日）、太子会（每月二十二日），京都的东寺弘法会（每月二十一日）和北野天满宫天神市（每月二十五日）。日本的这类旧货市场比欧洲卖的东西的档次要高得多，不是家里不要的破烂，但是价钱相当划算。我在这里买过人偶、瓷器等。不过近一年多来也许去的外国人多了，价格涨得很厉害，已经难以买到什么称心的东西了。

二〇一四年六月二十一日

我去过的“文豪之家”

上次我去日本的中国地区旅行，在松江逗留了一个下午。沿着环绕松江城的堀川而行，处处都是景致。我参观了河边的小泉八云纪念馆和小泉八云旧居（海伦旧居）。纪念馆展出八云的遗物，手稿，著作，及相关图书资料，同时展出他妻子的遗物，共计千件以上；故居则为一处据推测是江户时代后期的武士住宅，八云夫妻一八九一年六月至十一月在此借住。故居前后都有庭院，虽然不大，却颇精致，据说八云本人也很喜欢。起居室里有一张他生前使用的书桌，上面放着一盏煤油灯。八云个子很矮，桌子却做得挺高，这是因为他十六岁时左眼受伤失明，右眼的视力后来也变得很差，所以必须凑近桌面才能读书写字。

本名拉夫卡迪奥·赫恩的小泉八云，一生似乎在哪里都难以找到容身之地，但只要可以短暂歇脚，他的梦想就能开出花来。八云的著作很多，译介过来的却很少，又过于偏重某些方面，不免给人留下片面的印象，好像这只是一位日本版的《聊斋》的作者。虽然其所著《怪谈》我也爱读，但我觉得小林正树选取其中四个故事所改编的影片《怪谈》更纯粹、更极致地展现了原著作者想象中的那个美丽而奇幻的日本。这部影片我是三十年前在日本电影回顾展上观看的，至今记忆犹新。

我参观松江的小泉八云旧居，可以说是受到一本书的影响，那就是高桥敏夫、田村景子合著的《文豪之家》。此前我去九州地区，参观过小泉八云熊本旧居，他们夫妻一八九一年十一月至次年十一月住在这里。《文豪之家》介绍了这两处他的故居，我都想去看看。不过新近得知其实还有一处小泉八云避暑之家，原在烧津，后来迁移到犬山的明治村，书中并未提到。

《文豪之家》后记说："本书通往一个个实际存在的'文豪之家'，还有在那里生活和创作过的一位位文豪。我们殷切地希望，读者以本书为入口，以'文豪之家'为目的地，展开一段充实而精彩的旅程。"该书总共介绍了三十六位作家的六十来处住宅，我去过其中的十处。

书中引用了太宰治夫人津岛美知子的一段回忆：她初次随丈夫来到家中，"虽然我回答说'比事先听说的样子雄伟数倍，真让我吓一跳'，但他似乎不太满意。可能当时我如果回答

‘真是把我吓得站不起来’就好了。”这番话读来很有意思，但恐怕只有身临其境，才能真正明白她的意思。太宰家的故居位于青森县五所川原市金木町，那里现在好像也不算多么富裕的地方，在一大片近乎蹲伏的低矮木屋中间，这座如今取名斜阳馆的人字形屋顶、红瓦、白墙的高大建筑，显得特别突兀，甚至有点霸道。内部的装潢与摆设亦颇显奢华。同在此地的他的另一处故居——战时躲避空袭居住的津岛家的新住宅，也是一所很讲究的房子。作为太宰治的忠实读者，我确实不虚此行：如果不来这里看看，恐怕无法真切体会其家境的显赫，对于他成为家庭和社会的叛逆者——特别是叛逆到那么不可收拾的程度，也就难以深刻理解。

上面所说的几处，还有我去过的津和野的“鸥外出生地”，都是保存下来的原来的建筑。有机会我很想参观一下武者小路实笃宅邸和谷崎润一郎故居潺湲亭（石川亭），我一向特别喜欢谷崎的作品，留意武者小路则是因为他与周作人曾经有过密切的关系，不过对他始终坚持向善的写作则略有异议。武者小路实笃宅邸离东京不远，下次旅行专门抽出一天去看就是了；潺湲亭在京都，现属某公司所有，除规定日期外不开放，就连久居该市、喜欢闲逛的苏枕书都没去过。这里附带说一句，我有一本谷崎润一郎著『お艶殺し』限定版（全國書房，一九四七），扉页就钤了“潺湲亭”的印章。

我还去过马笼的藤村纪念馆里的岛崎藤村出生地，此处未见载于《文豪之家》。也许因为原建筑早已毁于一场大火，这是在旧址上复原的。类似之处还有仙崎的金子文英堂。如果没有说明的话，真看不出金子文英堂是重建的，一楼是金子美玲家开的书店，二楼是住处。收集了不少她家的旧物，如金子文英堂的书柜，上山文英堂的书箱等。上山文英堂是美玲的继父在下关开的书店，她最后就是在那里自杀的，我也曾去该处看过，只剩下路边立着的一块牌子，注明系上山文英堂书店总店的遗址（金子美玲绝命之处）。我不知道金子美玲是否可以名列“文豪”——究竟何谓文豪，《文豪之家》并未界定，我以为在日本这一标准可能比较宽泛——但在她的故乡仙崎，路边墙上写的、人家门上挂的都是她写的童谣中的句子。我在金子文英堂斜对门一家杂货店买到一块很旧的町屋用的护墙板，上面用毛笔写着她的诗句：“いつかいいことしたところ、通るたんびにうれしいよ”（有着美好回忆的地方，每次经过都很开心）。友人史航说，美玲的童谣让人感到一种“很脆弱又很努力的美好”，我想这正是大家如此怜惜并且热爱她的原因罢。

复原的金子文英堂是金子美玲纪念馆的一部分，在展厅里我得以亲眼看见她生前留下的三册手抄童谣诗集。展柜中还摆放着一册她的汉译作品《向着明亮那方》，此书当年在中国面世，我曾出过绵薄之力，这也算是一点缘分罢。

前年我去南轻井泽参观了三处“文豪之家”：有岛武郎的别墅净月庵，堀辰雄山庄（1412 号山庄）和野上弥生子书斋，都属于“轻井泽高原文库”。其实堀辰雄山庄原在旧轻井泽，净月庵原在三笠，野上弥生子书斋原在北轻井泽，分别于一九八三年、一九八九年和一九九六年“移築”到这里。——“移築”就是保留建筑物原有材料，在别处按原样重建。这种“移築”的故居，《文豪之家》写到的不少，此外还有我去过的伊香保德富芦花纪念文学馆，那里“移築”了德富芦花最后居住的旅馆“千明仁泉亭”的一部分。芦花在小说《不如归》的开头曾经写到这家旅馆，如今旅馆仍在营业，距离这里不远。“移築”的部分有一间是德富芦花辞世的房间，当年使用的铁床已经锈迹斑斑。我在故居看到一张芦花夫妇与哥哥苏峰夫妇坐在床边的合影。在兄弟绝交整整十五年之后，一九二七年九月十八日苏峰一家赶来探视病危的弟弟，二人遂告和解，当天夜里德富芦花就去世了。后来我在微博上贴出这张照片，有人跟帖提到周氏兄弟失和之事；我记得周作人所说过的话："我也痛惜这种断绝，可是有什么办法呢，人总只有人的力量。"(《知堂回想录》) 可是仍然不免心生感慨。

当然，故居一经迁移也就丧失了原有的周边环境；我们来此参观，感受好像总要打些折扣。譬如净月庵乃是有岛武郎与《妇人公论》记者、有夫之妇波多野秋子情死之地，死后过了快一个月他们的尸体才被发现，已经高度腐烂了。遗书有云："在爱的面前迎接死神的那一瞬间竟是如此苍白无力。"然而我们现在置身于净月庵，窗外并不是二人"临终的眼"里所看到的景色。当然话又说回来，原来的建筑毕竟保存下来了，无奈之下，"移築"虽非上策，却属善举。

我去过的新宫的佐藤春夫旧居，原在东京关口町，建于一九二七年，《文豪之家》说"从外观上就能看出，是一栋与佐藤春夫的文风相得益彰且别具匠心的建筑"，一九八九年"移築"到新宫熊野速玉大社附近。据介绍，不仅建筑的主体部分，就连拱形的院门和围墙，石阶前的通道，庭院，院中种植的七叶树，等等，都忠实地复原了原来雅致的旧宅的风貌。新宫是佐藤的故乡。我也参观过德国吕贝克的托马斯·曼故居，美国巴尔的摩的爱伦·坡故居，但在我的印象中，其他国家不像日本有这么多“文豪之家”。我觉得除了文化意识和旅游意识之外，此中还有一种乡贤意识使然，又特别侧重于文学艺术上有成就者，而且无拘县、市、町、村，均肯出面承担。这种乡贤意识，说穿了就是一份情意。话说至此，想起十几年前为保存北京美术馆后街的赵紫宸赵萝蕤父女故居，一时闹得沸沸扬扬，据云“这一古老四合院集建筑、人文和文物价值于一身”，但最终还是一拆了事。赵家是浙江省湖州市德清县新市镇人，假如在日本，即便北京无意保留，故乡所在的省、市、县、镇中的某一级，或许也会考虑“移築”罢。

《文豪之家》先前出过繁体字中译本，有朋友赠我一册；以后简体字中译本也出版了，我写了一段推荐语，印在书的腰封上面：“我很喜欢这本书。一是因为这里颇有几位我热爱的作家，过去读过不少他们的书，现在得以看到他们的家的样子，仿佛与他们更接近了，感觉特别亲切；二是因为这些作家的家总有一股浓厚的文化气息，现在别处已经难得再有了，即使未曾读过他们的书，呼吸一下那种气息也是好的。”第一点说的是整个“文豪之家”，第二点则特指其中的书房。周作人著《书房一角》有云：“从前有人说过，自己的书斋不可给人家看见，因为这是危险的事，怕被看去了自己的心思。”然而对于素所心仪的作家，我们正是期望藉此看到一点他的“心思”，而这往往是只通过读其作品所无法获知的。譬如书柜里都有谁的书，是什么版本，摆放的位置，保存得如何，细细体会都有意思；至于书房的布局，书桌的样式，所用的文具，等等，更有如见作家其人之感。

日本不少“文豪之家”都被辟为其人的纪念馆、文学馆，或成了当中的一部分。《文豪之家》讲到，松本清张高井户旧宅的客厅、书房和书库被移到北九州市立松本清张纪念馆重建，井上靖世田谷宅邸的客厅、书斋也被移到旭川井上靖纪念馆重建，这两处我都参观过，松本清张的书库是两层楼，整个儿包含在纪念馆里，非常壮观。另外我还去过金泽的德田秋声纪念馆和山中湖的三岛由纪夫文学馆，其中也分别再现了这两位文豪的书房。

这里我最感兴趣的是三岛由纪夫的书房。一九九六年曾看到一则报道：山梨县南都留郡山中湖村决定动用村财政资金三亿日元，买断三岛家族珍藏的手稿文献资料。据我所知，山中湖村与三岛好像并无什么渊源关系，故而此举还不能用乡贤意识来解释，只能说是有眼光、有魄力罢。位于山中湖文学森林中的三岛由纪夫文学馆于一九九九年七月正式开放，共收藏相关图书三千六百余种，杂志两千四百四十余种，电影话剧资料六百五十余种，特别资料如作者手稿等一千五百四十余种。日本现代作家中，我最喜欢的是三岛由纪夫和太宰治。我对三岛充满敬佩，对太宰深感契合，前者尽量将不可能变成可能，唯恐自己一生活得不够成功；后者尽量将可能变成不可能，唯恐自己一生活得不够失败。他们最后都以自己特殊的自杀方式完成了人生追求，《庄子》认为将一种行为做到极致——通俗地讲就是做成了事业——就是“得道”，二位的自杀可以以此来形容。对于太宰来说，尽快死掉是唯一目的，如何死法并无所谓；对于三岛来说，死法比死更重要，若不是选择切腹，他大概不会自杀。此即如其所说：“武士之所以为人尊敬，是因为武士至少可能有一种美丽、果敢的死法。”（《阿波罗之杯》）三岛如果活到今年就整整九十岁了，但他已经死了四十五年；也就是说，他死的年头已经相当于他活过的年头，——这种算法好像暗含着某种特别的意义。也许是我读了他写轮回的《丰饶之海》才这么想的罢。

三岛由纪夫在东京都大田区南马込町的故居迄未开放，所以《文豪之家》没有写到。筱山纪信的摄影集『三島由紀夫の家』（美術出版社，一九九五），不无弥补这一缺失之用。我买到了这部摄影集的初版本，扉页背面有金色签字笔的签名："篠山紀信"。该书将后来拍的各种景别的照片与三岛当年在家中的旧照穿插在一起，同一背景，人去屋空。

我注意到文学馆里所展示的三岛的书桌非常整洁，筱山纪信拍摄的照片上也是如此，但在三岛坐在书桌边的留影中，他面前却摊满了各种书籍和报刊。据摄影集书末"谢辞"一文介绍，一九九四年八月三岛夫人平冈瑶子同意了该书的策划，十一月在三岛祭日的晚宴上公布了相关消息，一九九五年新年开始对故居拍摄，而三岛的旧照则翻拍自瑶子夫人珍藏的家庭相册。这本书即将完成时，瑶子夫人突然辞世。全书最后附了一帧照片：一张布置好了的餐桌，桌旁空无一人。筱山纪信在"谢辞"末尾附言道："左侧照片中的餐桌是今年二月瑶子夫人为再现往日的生活一面，亲自擦拭银器，点上蜡烛，帮忙布置的。"

二〇一五年三月二十一日

［补记］此文写成之后，我去了仙川的武者小路实笃宅邸。实笃一生最后二十年在这里度过。现已辟为实笃公园，占地五

千多平方米，正如书中所云："内有大小不等的三座池塘和一片竹林，还种有梅花、紫阳花和其他草木。"我去过的日本文豪之家，好像没有这么舒适讲究的，"在被其称为'仙川之家'的这个住所中，他在写作与绘画之余，还可以饲喂池中的锦鲤，或是逗弄飞来的鸟雀"。我看见池塘有点浑浊，竹林里长了好些粗大的笋。时逢周末，住宅内部也开放。武者小路实笃纪念馆与实笃公园相邻。实笃留下不少影像资料，有二三十年代的，也有五六十年代的。有一件事值得一记：一九七六年二月武者小路安子夫人逝世，终年七十五岁，两个月后九十岁的老作家也与世长辞。

我还去了茨木市川端康成文学馆。这里再现了川端在镰仓故居的书斋，只有三叠大小。案上台历显示是"Thu，0416"，即川端身亡之日。摆设中有两件他的故友的遗物：太田抱逸作"松喰鹤莳绘盆"曾是德田秋声的，水滴之一曾是林芙美子的。我想，这是个念旧的人啊。文学馆还放映川端获得诺贝尔文学奖的纪录片，那时他也还是一贯的落落寡欢的样子。

今年是谷崎润一郎逝世五十周年，我去横滨神奈川近代文学馆参观了名为"没後 50 年　谷崎潤一郎展—絢爛たる物語世界—"的特别展。见到一幅北野恒富画的"茶々殿"，系以谷崎松子夫人为模特儿，另有谷崎一九三七年为松子拍的两张照片，他是真懂得女性之美的。展览展出了很多谷崎的手稿，其中一九六〇年的『梦の浮橋』和一九六二年的『疯癫老人日记』都是作者口述由他人记录的，大概这时身体已经不好了。展品中还有一张谷崎的死亡证明书。我的文章讲到三岛由纪夫和太宰治之后，也许应该添补一句：如果再增加一位日本作家，在我心目中与三岛和太宰鼎足而三，那就是谷崎润一郎，他虽是善终，但无论人生还是写作都肆意而为，尤其是后一方面，真可谓达到极致了。

对于自己素所心仪的学者、作家和艺术家，一向有兴趣去看看他们的故居、纪念馆，此亦如收藏一件他们的手迹，如签名本之类，觉得有"如对故人"之感。但就像契诃夫所说，"宁肯让我的盘子空着，也不装不相干的东西"。如果其人我不感兴趣，甚至有所反感，肯定也就不凑那份热闹了。

二〇一五年五月三十一日

与友人谈游记书

瑞智兄：

我在群马县最北边的法师温泉长寿馆给你写这封信。谈及自己在日本旅游的体验，我曾说过两句话：去偏僻之地，住日式旅馆。现在我待的就是这么个地方。我还说，我到日本各处，觉得通新干线的往往不如只通 JR 的，通 JR 的往往不如只通私铁的，通私铁的又往往不如只通巴士的，总之交通越不便利，目的地越值得一游。今天我从上野乘 JR 到高崎，换乘 JR 到后闲，换乘巴士到猿京温泉，再换巴士到这里，要算是来日本多次最费周折的一段旅程。

法师温泉在深山里，只有长寿馆这孤零零的一处建筑，四外冰天雪地。进大门看见悬挂着“日本秘汤守护会”的灯笼，该会名录上共有一百七十八个秘汤，我还是头一回领教。旅馆共有三处温泉，分别叫长寿的汤、玉城的汤和法师的汤，末一处是混浴，木制房子美轮美奂——我用这话是取其本义，即高大美观，介绍上也说是“鹿鸣馆式的建筑”。温泉水质很好，池底均铺着黑色的石子和石块。我住的是八铺席的房间，这种老式木质建筑晚上有点冷，我是伏在被炉上写的这封信。

写到这里，我又去泡了一趟温泉。回来重看上面一段文字，思路有点接不上茬儿了。莫非我一时兴起，想作一篇游记么。说来我从未写过这路文章，甚至对游记这一体裁一向有些质疑。好在此番是信笔由之，我就先来说说这个罢。

在我看来，写游记容易犯的毛病，第一是自以为是。旅行好像很容易给人提供一个拿自己太当回事儿的机会。我们常笑话有些人所到之处必得留下一句“某某到此一游”，去埃菲尔铁塔等景点看看，各种文字写的类似留言比比皆是。其实动辄写游记者与此是同一种心态，好像兹事体大，不著录下来于己于人有多大损失似的。我最怕的就是自家兴高采烈，旁人莫名所以；我们写文章的，还是应该置身事外看看值不值得一写。

第二是夸大其词。人不出外看看，容易“坐井观天”；出去了呢，又容易“以管窥豹”。说实话，旅行虽然也算得不同文化之间的交流方式，但却是最肤浅、最局限的一种。然而游客来到一处，有点一己的经验，往往以为对于一个国家或一种文化已经全面深入了解；有点一己的感想，也会放大为对这个国家或这种文化的总体评价。前些时我写文章说，这好有一比是盲人摸象，摸着腿的就说大象只是条腿，没摸着腿的便不知道大象有腿。

第三是多此一举。或者说，游记诚然容易有上述两样毛病，但若写写旅行攻略，亦可供他人参考。最早我来日本旅游，也是带一册 Lonely Planet 编的《日本》随时查阅。但如今网络发达，信息不仅丰富准确，而且随时更新，此类旅行攻略也许应该更换一种发布方式，例如建立一个类似 Google 地图的网页，随时提供最新的信息。举个例子：我曾从旭川乘 JR 去稚内，然后换海船到利尻岛，查 Lonely Planet《日本》，只写着“东日本渡海船（Higashi Nihonkai Ferry，电话 23 - 3780）从稚内出发开往利尻岛（￥1980，1 3/4 小时）”。光靠这点信息无法安排行程，而打电话对我来说也不现实。我就去查相关网站，知道要乘坐的 JR 特急スーパー宗谷 1 号九点十六分从旭川发车，到稚内是下午一点；而我所去的五月二十一日至九月三十日这段时间，稚内到利尻岛鸳泊港每天有三班船，对我合适的一班下午四点半出发，六点十分抵达。于是一切问题都解决了。

这次我来法师温泉，接着还要去更北边的“雪国”越后汤泽温泉，顺手带了一册川端康成所著《雪国》，打算重读一遍。

我记得他也说过这样的话：“也许用一个旅行者的目光来描绘一片不熟悉的地方几乎接近于不可能。就我在旅行时的经验，阅读着那些描写我所到之处的小说和随笔，大多感到的是失望，而写错的地方也意外的多。总的来说这些描写让人感觉肤浅。”（《独影自命》）即以我此时所在的法师温泉而言，上网一查，就知道有那么多人来过，写过，我无论说什么都已不是独家秘闻，更难免肤浅之讥，所以也就不必辞费了。

我给你写这封信，本是出行前读了尊作《东国十八日记》，打算谈点感想，以上所说却仿佛故意泼冷水似的，其实不然。只要意识到可能存在以上三种毛病，不自以为是，不夸大其词，不多此一举，那么游记未必不能写，也未必写不好。孔子说“从心所欲不逾矩”，关键是知道“矩”在哪里，而以“不逾”限制自己，在此范围之内就能“从心所欲”。仍以盲人摸象为喻，摸到什么就老老实实说是什么，不以偏概全，这样的话，摸与说都无甚不可。你在《东国十八日记》中写的正是这样，始终限于一己经历，一己感受，不人云亦云，不夸饰渲染，也不以介绍那些实际上唾手可得的信息为己任，我喜欢读这样的游记。

因为你写的是日本，我又正好在这里，所以不妨再说几句。我觉得，除了那些值得一看的自然景观和人文景观，乃至一应风土人情之外，来日本旅游的好处一是舒适，二是便捷，三是安全。说来这也不值得怎么称颂，只是一个正常社会本来就有的现象而已。我去欧洲、北美旅行，也每每有置身正常社会的感觉，虽然若论具体内容或与日本有些差异。而对我们来说，一个正常社会还是非常令人向往和羡慕的。

夜已深了，就写到这里罢。

止庵拜

二〇一五年一月二十日

玩意儿

前几年我或远或近地出去旅行过几次，每次也曾买回一两件玩意儿，如今都摆在柜子里，包括在日本买的酒具，在印尼买的木雕，在意大利买的玻璃小人等，总共有十几件。闲暇时把玩一下子，不免也就想起当初买它们时的一番经历。比方有一年春天我由法国顺道去荷兰，本来是只想看看凡高的画和郁金香的。坐在火车上，我正与人聊天，忽然看见窗外大块大块的鲜艳颜色，简直是个堆积，一直铺展到天尽头，着实让我吃一惊，赶紧打听怎么回事，原来这就是郁金香。到了阿姆斯特丹，居停主人又特地开车带我去看他所谓郁金香与风信子的“样板田”。形容荷兰这两种花的种植规模，或许只有《庄子》“藏天下于天下”这句话才恰到好处。而且据说郁金香一年卖花，一年卖“球”，我正赶上后面这种年头，看花最是相宜。我又去了凡高美术馆看了他几百幅画。在国家公园里还有一个美术馆，也有不少凡高作品。公园里还有野生鹿群，隐约可见在树丛中走来走去。总之我是大饱眼福，此行目的遂告完成，不料主人说转天乃是女王诞辰日，满城好像狂欢节似的，不可不看。届时果然人流如潮，个个举着大杯啤酒，彼此碰杯问好，真有点四海之内皆兄弟的意思。这天做生意，法定无须纳税，所以为图好玩，家家都在街上摆摊卖起东西。小孩们成了商贩角色，一副严肃认真的样子，很是逗人。我买了一个木制的首饰匣，一只木鞋，都是旧货，通共不到两盾，但实在很漂亮，至今还很喜欢。只是首饰匣合页少了一枚钉子，是钉马蹄的那种，一直不能补上，未免稍觉遗憾。

说来这也只不过是些玩意儿，我不知道算不算得上是旅行纪念品。讲到旅行纪念品，好像其中总有个要以“品”来“纪念”“旅行”的因果关系，在我则如前所述这关系正好相反，总之那个东西本身如何对我来说才是第一位的。我的法国朋友Morin每次来中国，到了一个城市，总要去当地古玩市场买点什么，最初我还忍不住提醒他假货为多，留神上当，他却说无所谓，只要好看就行。我记得他也不止一次在这一国买过那一国产的东西。我对这码事儿的态度现在说起来跟他完全一致。除了觉得那东西以审美而言确实值得留着慢慢欣赏之外，并没有别的什么意思。不过赶巧是在旅行中买到了而已。至于因此而联想起什么，只是顺便罢了，不知道这是否就算是所谓“纪念”了。

Morin 看见我从前在法国拍的照片几乎张张有我本人，颇不以为然，我因悟得旅行好像很容易给人提供一个自以为是的机会。暂时告别一己真正的境遇，无论是谁都变得尊贵起来，至少自个儿觉得是这样；所以人生还是需要不时有段旅行经历的，可以鼓舞士气。而在墙上刻画“某某到此一游”和动辄大写其游记者虽有粗鄙与文雅之别，其于夸饰渲染则一，对此正不妨断章取义地形容以老杜之句：“尔曹身与名俱灭，不废江河万古流。”我想购买旅行纪念品，说穿了也有那么点儿太拿自己当回事儿了。区区我辈，偶尔出门一走，有什么可以纪念的，又能纪念得了什么呢。人的确很容易就将自己搁在价值体系的中心位置，所以《庄子》才有井底之蛙的譬喻，敢情我们是带着藏身的一口井走来走去的。当然这也没有什么不得了，不过是人性的一种弱点，或者说是未能免俗之处；而看清楚这一点，也就算是免俗了。我们所能做的，其实不过如此。做法未必两样，看法不同而已。总之无须大惊小怪，天地大着呢，而“我”仍然还是“我”。搞得像煞有介事的，总归有点好笑。

从另一个方面看，这种大惊小怪可能也是针对所去过的地方的。记得《红楼梦》里刘姥姥游罢大观园，足足带走堆了半炕的东西，这大概就是她的旅游纪念品了罢。然而刘姥姥关于那园子的想法，与实在的大观园又有多少关系呢。难怪林黛玉一干人，背地里把她嘲笑得要死。直到今天，还留下“刘姥姥进大观园”这个话瓣儿。说实在的我不大相信某一物件真的就能成为某地文化的象征或缩影。比如我们在北京住了多年的人，其实也说不出单单哪样东西是能够代表北京的。当然别的地方的人愿意代为设想，而且付诸实施，也只好由他罢了。

二〇〇〇年十月二十二日改

买画册记

世间最不能托人代买的东西当数画册。第一不知道印得好坏，第二不知道篇幅如何，第三不知道偏重画还是文字，第四不知道价钱高低。我喜欢印象派以后的画，而这些画变成印刷品，或多或少总要失真，只是看失真的程度能不能忍受罢了。其中莫奈和高更两位尤其如此，莫奈是因为他之于光色关系太过讲究，一经拍照，这关系总归不是原样儿了，——我在巴黎的现代艺术博物馆见过人家拍照画作，也是要另加灯光的，这岂不是在莫奈所斤斤计较的室外光之外，又加了一道光了么。我不知道有没有更好一点的技术，至少这样子有点儿玄。这问题对所有印象派画家都存在，但是莫奈尤其如此。至于高更，他的绿色和黄色太特别，也太复杂，只能呈现在他自己的画布上，我们的印刷技术再高明，也不可能按照原样儿转移于另外一种媒介。根据我的经验，最好是刚刚看完画展，对画上颜色记忆犹新，赶紧去买画册，庶几可以挑着较为理想的也。外国的画册大致有两类，一种以画为主，一种以文字为主。后者严格说来不能叫作画册，然而这种书似乎品种更多；而且因为画只供插图之用，印制质量未免稍差一些。我在法国和意大利的书店里，看见两类书都是混杂在一起卖的。我当然希望买到的是真正的画册了。至于篇幅，我对特别喜欢的画家，总愿意尽量多看见一些作品，所以想买的画册是越厚越好。以上三点，特别是第一点，简直不能指望他人代为确定。一般说来，凡关乎文化的事情我是不愿盲从的，除非在那一领域我是真盲，也就是完全无知；但我觉得还是先学得一点常识再涉足的好，不然宁肯付诸阙如，自居门外汉了事。古今画家谁好谁差，我有自家看法；买画册虽是枝节事宜，却也不应草率，花钱尚在其次，买到不称心甚至窝心的东西，简直不知道如何处置是好。

这样一来，我所买到的画册也就不可能很多了。略加检点，敝书架上不过二十余种，而自己觉得满意的，又仅只八种而已。这八种画册都是法国“Gründ”丛书，依出版顺序为凡高、毕加索、莫奈、马蒂斯、达利、塞尚、雷诺阿和高更。每册纯粹是画的部分都将近有二百五十页，纸好，印刷也好，而且便宜，定价一百九十八法郎，合人民币二百多块，如果在“老佛爷”或“春天”里购买，还可以九折优惠。前面说莫奈和高更的画册失真都很厉害，如果退而求其次，那么“Gründ”算是印得最好的了。高更的画册出得很多，我是反复比较，才认定只有这种可以买下。也正是因为画多，印得好，便宜，我才一律都买了的，其实莫奈原本我不很感兴趣，雷诺阿尤其不太喜欢。除了雷诺阿这册，都是我自己末后两次去法国背回来的，后一次我还去了意大利，手提箱里装了三本大书，实在沉重不堪，又正赶上盛夏，提着它们从一个城市赶到另一个城市，上车，下车，找旅馆，实在是费劲极了。雷诺阿那册我当时没买，回来之后想想也无妨收集，正好有朋友要去法国，就指明让他代买这一种，——前面说不可托人代买，这算是一个例外罢。

别的画册说来都不算太理想，但是有几种有点特别意义，也可以在这里一说。其中之一是克里姆特的，乃是法国友人François Morin所赠，印得还好，只是画太少了，不过末尾附有克氏的作品目录，查阅较为方便。我对精美的东西有特别爱好，虽然达到此点很不容易；而克里姆特是为其中之一。Morin对此不甚赞同，我们曾在广州珠江南岸，一边喝啤酒一边争论，直到夜深时分。后来他再来中国，便以此画册相赠。另一本帕桑的，是我姐姐从纽约寄来。我写《画廊故事》，觉得"女人"一编中不谈帕桑，实在说不过去，因为若以感情细腻而言，他简直是无与伦比的。然而此前他的画总共只看过两三幅，虽然印象很深，但仅凭这点印象，毕竟不敢辄然下笔。于是写信向姐姐求助，她很不容易才找到了。实际上并非通常那种画册，大概是为某一展览会而印制的，以素描居多，油画只有十六幅。帕桑不是大众意义上的名家，想来世上他的画册种类不多，姐姐给找到这种，实在很可感念。另外有两册也是她寄赠的，一是德·契里柯的，一是鲁奥的。这是我特别中意的两位画家，国内也有他们的画册出售，但是我嫌太薄，对这两位画家，我觉得作品看到越多越好，所以才请姐姐在纽约代找，不想也不大厚。恐怕将来有机会还得再找更理想的罢。

最近我在一篇关于高更的文章里说："翻看他的画册，每一幅都能体味良久。"这不是虚应话儿，晚间孤寂无聊之时，面对高更或鲁奥之作，最是一种慰藉。他们都是于人类情感深有体验者，所达到的深厚程度古今罕见。德·契里柯则是别一路，给我们带来震撼的东西完全来自画面之外，更需要细细体会。看另外一些画家的作品则需要有点儿心理准备，譬如凡高，尤其是苏丁，感情特别强烈，总是喷涌而出，有时难免不能承受。塞尚则太过冷漠，非得有足够坚强的精神与之抗衡才行。看画时与画家的心灵感应程度，我想大概是读书难以比拟的；此所以颇得意于此项收藏，遗憾的是尚嫌不够丰富，一时又无法增多也。

二〇〇一年十月二十三日

［补记］后来在日本买了若干画册，其中有几种稍值一提：一，『東山魁夷昭和三大障壁画』（実業之日本社，一九七七），前环衬有毛笔签名“東山魁夷”；二，『岩田専太郎画集』（毎日新聞社，一九七一），内有画家肉笔彩色画一页；三，蕗谷虹儿『虹児の画集』（大門出版美術出版部，一九七一），内有画家手彩色画一页，版画两页，系限定一千部之一〇八号；四，『蕗谷虹児抒情画大集』（講談社，一九七四），内有画家肉笔彩色画“花嫁人形”一页，系限定八百部之三九五号。

二〇一五年二月二十五日

“三上”读书略记

从今年起眼睛有点花了，不能再在汽车上看书。对于自己来说，不啻是“一个时代的结束”。欧阳修《归田录》云：“钱思公虽生长富贵，而少所嗜好。在西洛时，尝语僚属言：‘平生惟好读书，坐则读经史，卧则看小说，上厕则阅小词，盖未尝顷刻释卷也。’谢希深亦言：‘宋公垂同在史院，每走厕必挟书以往，讽诵之声琅然闻于远近，其笃学如此。’余因谓希深曰：‘余平生所作文章，多在三上，乃马上、枕上、厕上也。’盖惟此尤可以属思尔。”我辈读书，亦多在“三上”——今人乘车，犹如古人骑马也。欧公用意，乃在忙里偷闲；钱公虽然各种情形一概讲到，亦是强调抽空用功。假如将一己时间分为工作与业余两类，这就是业余之外又挤出来一点儿了。

顺便说说一本书与一个人。《奇特的一生》是描写苏联昆虫学家柳比歇夫的“文献性小说”。作者格拉宁说：“他，我们同时代的人，一生干了那么多事，产生了那么多思想，这是用什么方法达到的？最后几十年——他是八十二岁上死的——他的工作精力和思维效率有增无减。关键不是在数量上，而在他是怎么样、用什么方法做到的。”柳比歇夫从二十六岁起一直实行“时间统计法”，日一小结，月一大结，年一总结，记录支出的时间，核算工作的效率。书中引用古罗马哲人塞纳卡的话说：“一切都不是我们的，而是别人的，只有时间是我们自己的财产，造物交给我们，归我们所有的，只有这个不断流逝的、不稳定的东西。”这使人想起《论语·子罕》所云：“子在川上曰：‘逝者如斯夫，不舍昼夜。’”若柳氏者，可谓使逝川流得最值当的了。此所以是“奇特的一生”。我二十岁时读这书，受到很大影响。尽管素无建功立业之志，但无所事事、虚度时日，还是觉得难受。哪怕读上一行字，也会感到心安。可以说是患了“时间恐惧症”了。

回过去讲“三上读书”。就我个人而言，车上要占十之七八，其次在枕上，厕上仅为些许零头耳。车上读书，说来话长。小时候无书可读，也少有机会乘车；直到上大学后，才有这码事儿。那年春天，外国文学作品出版解禁；五一前后，新华书店来人发售。记得是在学校食堂门前，书用板车拉来，师生排着队买。我挑了五六种，包括《鲁滨孙漂流记》、《易卜生戏剧四种》、《安娜·卡列尼娜》，这是我买书生涯的开始，从此就比较系统地阅读外国文学作品了。不过当时功课很忙，只是回家路上有些工夫。从出校门到乘车换车再步行回家，其间约一小时，正好用来看书。两年时间，足足看了几十部。就中篇幅最大的，要数四册《约翰·克里斯朵夫》。虽是断续读完，至今印象犹深。后来到医院实习，乘车时间稍短，仍旧可以看书。毕业后换过几次单位，总是保持这一习惯。

我说这些，医生、老师看了或许有所非议。其实不但车上，枕上、厕上读书，均非良好健康习惯。但是怎么办呢，人生苦短，此其一；读书成瘾，此其二。自家并不因有这点毛病而后悔也。

公交车上读书，要有几个条件：第一，光线太暗，太亮，或忽暗忽亮，均不合适；第二，有座固佳，站着亦可，但须拿得住，翻得了，看着舒服，不致失手掉下；第三，不可过分专心，是否到站，有无扒窃，尚要时时留意；第四，又以春秋两季为宜，夏天书易为手汗所污，冬天伸不出手，天黑亦早。当然有时难免因陋就简，赶上车里拥挤不堪，也曾高举书本，贴在车顶，照看不误。至于读什么书好，大约首推小说、历史和传记，理论书籍则略有妨碍，随笔类不如留待枕上阅之。那种以图为主的书，总归不大禁看，即便乘车，也是这样。譬如有一次，我从朋友处得到两册幾米的书，没等到家已翻完了。

在火车和飞机上看书，情况有所不同。路途正长，很是踏实。说来这已近乎钱公所谓“坐读”。惟在家取舍随意，这本不愿看了，可以另换一本；路上则无此方便，是以选择携带哪本，十分要紧。我在公司上班时经常出差，行前每每为此花费心思。我曾经说过，旅途读书，有如与人偕行；倘若挑错了书，好比要跟不能相得的人打交道，乃是自找苦吃。当然亦不免有意外发生。譬如有次去东北，带了一本《哈维尔自传》。谁知天气不好，飞机晚飞，我在机场一等再等。于是一遍看完，从头再看二遍；二遍看完，再看三遍。直到第三遍读完还差几十页，终于听到起飞通知。回想起来，的确是本好书，禁得住如此看法。抵达之后，抽空去到书店，想着换本别的看罢。好不容易找到一本，总算可以打发回来的旅程了。

涉及车上读书的中外小说很多，给我印象最深的是米歇尔·布托的《变》。小说写一中年男子决意与妻子分居，由巴黎乘火车去罗马看望情妇，准备告诉她不久即能一起生活。开篇就说，“你”——这小说因为首次采用第二人称写法而轰动一时——“另一只手的手指还捏着你刚买的那本书。”继而又说，“你趁这剩下的几分钟不加选择地买了一本书，这本书从此没有离开你的左手”。以后不断提到该书，但是直到完了，心事重重、浮想联翩的“你”也没有看它。这成了贯穿小说始终的悬念。作者写道：“你知道书里面有些人物，它们和整个旅程中在这间车室里进出的人们有几分相似，你知道书里会有背景和事物，会有言语交谈和关键性时刻，而这一切构成一个故事……”小说结尾，“你”改变主意，不再去找情妇，也不带她回巴黎去；“你”把那本书拿在手上，想到自己应该写一本书。这提示我们，一切都循环不已：从“你”未曾看过的书，到“你”自己的生活，再到“你”准备写的书——所写的可能就是“你”带上火车的那本书。我一直觉得，我们与世界的关系是在这样几个维度上展开：生与死，我与他，人与自然，生活与书。假如有“上帝之眼”俯视末了一项，他的看法大概即如布托在《变》中所揭示的那样罢。

以上仅仅说到“三上”之一。关于枕上读书，曾经写过小文，不赘述。厕上读书，则知堂翁早有议论，不妨抄录一段：“但是假如有干净的厕所，上厕时看点书却还是可以的，想作文则可不必。书也无须分好经史子集，随便看看都成，我有一个常例，便是不拿善本或难懂的书去，虽然看文法书也是寻常。据我的经验，看随笔一类最好，顶不行的是小说。至于朗诵，我们现在不读八大家文，自然可以无须了。”（《入厕读书》）北京西三条鲁迅故居的厕所只是蹲坑，八道湾不知如何。我小时候，茅房也安在院里，每天有人来淘，然而当时尚不懂得读书。“文革”十年，人民生活习惯改变颇多，其中之一是取消了院内设置，改在胡同里修建公共厕所。一排数人挨着，外面往往尚有等候者，倘若拿本书读，岂不应了“占着茅坑不拉屎”的话了么。现在家里有卫生间，厕上读书成为可能，惟此事亦因人而异，在我则获益无多，只是对周氏文中境界更有理解而已。

［附记］《论语·季氏》云：“孔子曰：‘君子有三戒，少之时，血气未定，戒之在色；及其壮也，血气方刚，戒之在斗；及其老也，血气既衰，戒之在得。”亦可用来形容读书。“戒之在色”，心不旁骛；“戒之在斗”，勿要逞强，我于此二者，可谓一得一失。及今眼睛花了，或当以“戒之在得”自慰，亦即顺其自然是也。

二〇〇五年十二月二十七日

关于枕边书

“枕边书”是有趣的题目，不过我想说的是书，不是枕头。枕边书也就是躺在床上看的书，枕头只是为了躺着舒服，其实没有它看书也行。之所以还得略讲几句，因为忽然联想到“枕中书”来了，枕边书与枕中书有何渊源，我还搞不大清楚，而枕中书与枕头关系的确密切。《越绝书·外传枕中》云：“以丹书帛，置之枕中，以为国宝。”古代有瓷枕、木枕，前者我在上海博物馆见过几个，把珍爱的书籍藏在里面，大概有点儿保险箱的意思罢。偶尔听人提起“枕边秘籍”，莫非自打枕头改作实芯，无法贮物，不得不移置枕边不成。《汉书·楚元王传》云：“上复兴神仙方术之事，而淮南有《枕中鸿宝》、《苑秘书》。”颜师古注云：“《鸿宝》、《苑秘书》，并道术篇名。臧在枕中，言常存录之不漏泄也。”前述推论假如成立，“枕边秘籍”之“秘”，亦即是这个“不漏泄”了。那么枕边书可就不是随便什么书了，乃是不宜、不便或不舍得放进书柜的一类书也。如果书柜尽可向来宾展示，枕边书则近乎隐私，——不过说句老实话，多年来买书虽然不少，这样的书寒舍却还未曾置得一部呢。

现在人讲枕边书，往往赋予了它另外的意义。似乎还有一类“非枕边书”，须得正襟危坐（尤其是在办公室里）以读之；枕边书与之适成一种对比。如果后者是官样文章，前者则为真心玩味。讲得正经一点，其一可曰功利性阅读，或职业化阅读；其一可曰消闲性阅读，或个人化阅读。这样一来，枕边书也就成了抵御凡庸人生，葆有一己天地的象征了，所以大家经常把这看得很重，乃至一本书值不值得放在枕边，皆须认真考虑。对此我是不大懂得的，因为原本就是闲人，读书一概旨在消遣，并无上述那种区别。多半是白天没有看完，晚上躺下接着看，书还是那本书，不过看书的人由椅子转移到了枕上罢了。对我来说，书之置诸枕边与否，没有值得不值得，只有适宜不适宜的问题。譬如大开本，精装书，太厚，过重，均有所不宜，盖因臂力不够，举之不动也。这样的书只好留待白天“正襟危坐”地去读了。

对于上述两种阅读方式截然不同一说，即便不论所读内容，我也颇有不解之处。以一己经验度之，除非失眠，枕上读书只是一小会儿而已。那么好不容易捱过不情愿的功利性或职业化的一天了，倚于枕上，正待展读精心简择之卷，困意却已上来，岂不大煞风景。话说至此，不能不提到所谓夜读境界了。此情境素为历来文人所景慕，不知写过多少文章，到底是怎么回事，我也不大知道，因为如今室内一盏电灯，窗外时闻车声，好像比白天更其不济。其实就算真有夜读境界，大概也是坐在那儿体会得来，而与枕边书无大干系，因为如前所述，这个人也许快睡着了。枕上读书，未必能读多少，而且断断续续，以我个人而言，好书倒不大舍得放在枕边去读了，总觉得有点儿怠慢似的。当然也有别种情况。譬如今年春天得到一套《没有个性的人》，上下册，一千二百余页，我本来也想每晚读上一点儿，集腋成裘，终底于成。谁知这书根本拒绝此种阅读方法，非得全神贯注不可，否则就不知所云。只好每日自早读书至晚，如同上班一般，整整用了十日，才算大功告成。有朋友在编报纸，最近要推举本年度十大好书，我说无论如何《没有个性的人》也当列为第一，朋友说所约请的推荐者均未提及此书，因而不能上榜。我想彼辈如果不是全然无知的话，要么读书不得其法，要么缺少如许时间。于是不免暗露得意之色焉。

回到前面的话头儿，枕上读书，本来是爱读什么就读什么，但是这里有个问题，即你到底打算不打算睡觉，这个区别可就大了。要而言之，有的书是读来提神的，有的则是读来催眠的。以后者而论，应该挑拣一些乏味无聊的才是，好比吃安眠药。如此说来，则与前述作为个人自由阅读或闲适趣味的象征的枕边书已经相去甚远。然而这也算是我的一点经验之谈。上文屡次说到睡觉，好像落枕就着似的，其实我哪有这福分，一向入睡甚难，自然不能因为读书而加重其难了。凡读来放不下手者，均不敢于枕上读之。顺便说一句，家母每晚都要读书，而且还是推理小说，不到两年工夫，已读毕“阿加莎·克里斯蒂作品全集”八十册，“奎因现代探案小说集”二十五册，我奇怪怎么不大影响她的睡眠呢。她说这路作品开头总是东拉西扯，睡前读之并无大碍；待到进入紧张情节，那就白天去读好了。

二〇〇一年十二月二十二日

阅读的乐趣

阅读的乐趣，可以因“字”而生，也可以因“书”而生。前一种不是讲“读帖”，而指对由字而词而句而章节而篇或书传达的内容所产生的感悟。从高尔基的“书籍是人类进步的阶梯”，到宋朝皇帝赵恒的“书中自有千钟粟”、“书中自有黄金屋”、“书中车马多如簇”、“书中自有颜如玉”，说的都是这种乐趣。

后一种乐趣包含前一种乐趣在内，此外更涉及一本书的具体样子，诸如字体、字号、用纸、版式、插图、开本、扉页、环衬、封面、装订形式等，乃至版本之类。读张岱《夜航船》，“书籍”项下举凡“二酉藏书”、“兰台秘典”、“石室细书”、“南面百城”、“三十乘”、“曹氏书仓”、“五车书”、“八万卷”、“三万轴”、“黄卷”、“杀青”、“铅椠”、“湘帖”、“芸编”、“书楼孙氏”、“汗牛充栋”、“嘉则殿”等，都与这种乐趣相关。

《论语·述而》：“子曰：‘加我数年，五十以学《易》，可以无大过矣。’”《史记·孔子世家》则云，孔子“读《易》，韦编三绝”，就从书的内容牵扯到了书的形式。《孟子·尽心下》：“尽信《书》，则不如无《书》。吾于《武成》，取二三策而已矣。”也是内容不离形式。

爱读书的人往往也就重视与书相关的一切。不过对于“书”的兴趣却可以舍去“读”而单独存在。有不少藏书家都只存不看，此亦不足为奇。

从“仓颉造字”开始，无论借助什么媒介，甲骨、钟鼎、瓦当、刻石、竹简、缣素，直到纸，阅读一概是“眼”与“字”之间发生关系。文明进步至于今，在这一点上我们仍与先民一样，顶多加了副眼镜而已。我看电影《黑客帝国》，那里的人接受信息，是拿根管子连在后脖梗儿的接口上，或许是企图有所革命；但我是学过解剖学的，知道这法子未必灵光。由此也可看出现代人在这方面何其无奈了。

这就要讲到网络阅读以及继之而起的电子书了。我很少在网上阅读，电子书阅读器也只在地铁车厢里见到别人拿着。听说最近为了电子阅读，又发明了 iPad。阅读媒介的演变史，总的来说是由难而易，由贵而廉，这正符合人性的要求；电子书显然是历史的最新一页。电子书阅读器、iPad 价格虽然不菲，但比起添书柜、置书房要便宜多了。而阅读电子书，其实还是

“眼-字”关系。有人说电子书阅读与纸质书阅读，自有浅深之别。我想这大概是基于个人的习惯发言。前人读书，有“皓首穷经”与“一目十行”之别，可知深浅在于自己怎么读。或者纸质书与电子书两种媒介并存，才有作者、读者、写法、读法的种种差别。有朝一日纸质书彻底消亡，电子书一统天下，也就浅者自浅，深者自深了。

如今关于电子书是否将取代纸质书，有许多说法。恕我孤陋寡闻，不记得历史记载中，当纸质书取代简策帛书时，人们有过类似议论。假如真的没有，也不足以说明这两次变化存在多大不同。可能因为过去变化缓慢，也许几辈子才能完成，是以自然而然；如今则太过迅速，一蹴而就，人们不及适应。

回到“阅读的乐趣”的话题。电子书取代纸质书后，“因字而生”的乐趣依然存在，单单“因书而生”的乐趣却将丧失殆尽。虽然电子书也有字体、字号、版式、插图等，还是可以一“玩”的，但至少《夜航船》里讲的那些事儿，不再有了。

至于我自己，大概不会放弃纸质书阅读。我承认纸质书将为电子书所取代，只希望这一变化终我一生而未及完成。

二〇一〇年七月三十一日

打字与手稿

电脑我用得很晚。《樗下随笔》全书和《如面谈》的最早几篇，都还是手写的。倒不是对此有所抵触。我并不多么留恋用笔，因为一直不曾好好练过字，打字倒可以掩饰这一缺憾。没用电脑，是因为汉语拼音我一向只懂声母，不懂韵母。小学中学时逢“文革”，老师教书，学生念书，都未免糊弄事儿；但是没学会拼音，主要还是我不用功的缘故。多年来倒是也无此需要。后来到公司打工，人人配有电脑，我则始终请秘书代劳。直到有心换份工作了，将近半年时间，每日在办公室里无所事事，又不想虚度时光，于是下决心从学拼音着手，学会打字。或者要说干嘛不学别的输入方法呢，大概觉得活到这把年纪，竟然连拼音都不会，毕竟不大甘心，这样正好一举两得。

待到拼音打字均已熟练，我就开始用电脑写文章了。听说有的朋友习惯先手写草稿，再打入电脑，我觉得这太费事了，而且未能真正得着用电脑的好处，——当然我也未必得着多少，至少要稍多一点儿罢。至于担心这么一来，遣词造句难免流俗，有损文章风格，则近乎外行说话了。所谓俗语滥调，指的词与句子；而我挑选着用的乃是电脑里的字，不是词；用什么词自己决定，程序里有的不一定要用，没有的可以另行组合。那些打字打出滥调来的人，多半脑子里原本就只有滥调，一拍即合；或者草率成文，不大用心，那么用什么来写都是一样的罢。

打字较之手写的最大好处，在于修改方便。我每写文章，开头几句非得自己觉得十分舒服才行，不然根本写不下去。——附带说一句，其实不过是最平凡不过的字句而已。而这往往经过一再修改得来。但是稿纸上又不能留下改动痕迹，不然也构成心理障碍。所以过去手写的时候，一俟有所改动，就将稿纸废弃，写篇小文章，几乎要把字纸篓塞满。这样实在太过浪费，也不值得。我从父亲那里学到一个办法：另备一把剪刀，一瓶浆糊，遇有改动之处，就写好剪贴上去。然而又不胜其烦。用电脑则省事多了，随便怎么修改，都无所谓；改得不当，还可恢复。尤其是“块移动”，最是方便。文章写完之后，更可一改再改，直到一字一句都妥帖了而后止。过去手写，每次修改，都要重抄一遍，有时难免偷懒，差不多就算了，现在则可以做到完全彻底。修改自己的文章，是为平生一大快事，惟用电脑得以实现之。

打出来的稿子整整齐齐，干干净净。其为人所垢病者亦在于此，说是手稿的特殊价值丧失殆尽。我当然深知此点。谷林翁曾将知堂《名从主人的音译》、《翻译与字典》和《翻译计划的一项目》三篇文章，共计五十页手稿惠赠予我。谷林尝谓老人“不以书法知名，然钩捺朴拙，别具姿致，或谓有晋唐人写经笔意云”，至此我乃得以品味真切。我也保存着父亲沙鸥先生不少手泽，特别是晚年所作“新体诗”之全部稿本，上面有他反复修改的字迹，记录着每一首诗的写作经过，可以窥见父亲诗歌艺术的神髓。此皆是不可多得之物，乃寒斋之宝贵收藏也。然而亦不可一概而论，譬如自家所写，还是不如趁早泯灭为好。

打字兴而手稿亡，幸耶非耶，需要具体看待，有如以上所述，倘若笼统一谈这事，尚有另外一番道理。我们（以及我们上下各一辈人）生活在一个诸多事物与现象都在急剧变化的年代，这本身谈不上幸福还是不幸，恰巧赶上罢了。有些东西消失，正如同有些东西产生；都是事实如此，我们只能接受。慨叹“原本不必如此”，不啻白费口舌，而且将自己置于尴尬可笑的地步。即以现在所谈之事而言，历史上所发生的某些变化，譬如纸张代替竹简，印刷代替手抄，虽然不尽相同，未必不可类比。或许当初亦有人以不复能“韦编三绝”而惋惜不已，然而时过境迁，大家也就安生下来。现在给谁一把竹简，他也不会再在那上面写字了。何况情况并非如此绝对，打字虽兴，手稿未必尽亡，就像印刷业尽管昌盛，手抄本依旧出现一样。今后手稿仍然会有，只是不是谁的都有罢了。即便有一天真的完全成为历史遗物了，也是人类文明发展使然。我个人对文明的态度一向不太乐观，亦不太悲观；积极地讲是坐享其成，悲观地讲是无可奈何。说到底，迄今为止全部人类文明的历史，都是基于人性需要而发生的，无论这需要对与不对。

二〇〇二年一月六日

樗下说书

一、开场白

日前闲翻《辫子，还是辫子》一书，景文《读什么书》一篇有云：“又一日，即那年五月下旬的一个星期二，我趁买菜的工夫进了新街口一家书店，浏览之际，忽听一女士指着人民文学版的《简·爱》和浙江文艺版的《简·爱》，问售货人（这三个字颇使人感到别扭，但是眼下时兴说文学作品是商品，与鞋帽锅碗一般无二，故用之）：‘这两种书有什么区别?’售货员是个很清秀的年轻人，不假思索地断然答道：‘一个字大，一个字小。’我在旁听，不觉戚然，欲笑而不能。售货的得识货，难道卖书的就可以不知书吗?”

读书至此，倒想插两句嘴：指出“一个字大，一个字小”，也许并非外行；假若不是只留意这个的话。周作人提及所译《希腊拟曲》，就说：“可惜板式不佳，细字长行大页，很不成样子。”（《我的杂学》）其所写读书录，亦常讲到印刷如何，纸张如何，与“字大字小”乃属同类问题。而世间“知书”者，大概要数此翁了。“知书”或只涉及内容；换个“爱书”的说法，则往往看重有关的一切。即以字体而论，过大，过小，或者该用宋而用了仿宋、楷，读着都觉得别扭，兴许连那本书也不买了。除此之外，还包括开本、封面、版式、插图、用纸、装订形式诸项，以至书的品相如何。——《关于鲁迅》尝述一事，正可举为例证：“顶早买到的大约是两册石印本冈元凤所著的《毛诗品物图考》，这书最初也是在皇甫庄见到，非常歆羡，在大街的书店买来一部，偶然有点纸破或墨污，总不能满意，便拿去掉换，至再至三，直到伙计烦厌了，戏弄说，这比姊姊的面孔还白呢，何必掉换，乃愤然出来，不再去买书。这书店大约不是墨润堂，却是邻近的奎照楼吧。这回换来的书好像又有什么毛病，记得还减价以一角小洋卖给同窗，再贴补一角去另买了一部。”

多年前我写过一篇《挑书》，曾引此处所讲的少年鲁迅为同道。这自然是读书人的毛病；而无此毛病，亦未必就算不得读书人。这里不加褒贬，反正天下有此一事就是了。前面讲“知书”、“爱书”，我还提出“书的感觉”，没准更为恰切。然而讲到感觉，最难“人同此心，心同此理”。或许你感觉不好，他正感觉好呢；反之亦然。即以前述《希腊拟曲》一书而论，系由商务印书馆正规出版，当初自是经过一番设计也。更显明的例子，是周作人《儿童杂事诗》五十年代初在《亦报》发表，编辑邀丰子恺为之配画，后人誉为“相得益彰”，合刊一册行之于世。实则周氏对丰画最看不上眼，在通信中尝批评道：“丰君的画，我向来不甚赞成，形似学竹久梦二者，但是浮滑肤浅，不懂‘滑稽’趣味，殆所谓海派者，插画中可取者，觉得不过十分之一，但我这里没有插画本，故只能笼统的说罢了。近来该诗原稿又已为友人借去，里边的诗较好者亦不甚多，但是比起插画来，大概百分比要较好一点罢了。”（一九六三年四月四日致鲍耀明）丰氏之作，近来似乎颇受欢迎，坊间印本不少。谁能想到知堂竟是这般评价呢。

我这些年就书写过不少文章，无非自说自话。所论多半针对书的内容；若是谈及此外别的东西，恐怕更是如此。书的品相还好说一点，残破脏污与否，毕竟明摆着呢。字体、开本之类就难讲了，因为如前所述，其实无一不经过专门设计，只是设计者跟咱们想不到一块儿就是了。这里再举个例子。我在书店买到影印本《周作人日记》，后又承作者家属赠送一套，于是拟以其一转送给一位年长朋友。那日去到他家，把纸包放在桌上，逐层打开。老人站在一旁，神情不无期待；待看到书的样子，却忍不住叹一口气。彼此交情甚笃，此举似稍异常；爱书人积习如此，我自深深理解，只是当下略觉没有面子耳。书的确印得太“不成样子”了：封面是光秃秃一个硬壳儿，粉、绿二色；扉页的字，则是更“怯”的绿；内文纸张也很低劣。即以封面色彩而论，恐怕闭着眼睛随便拈出两种，也比这要强些。可是照样堂堂皇皇印着“封面设计”的名字，可见斥为草率无妨，斥为胡闹则有不妥。归根结底，此事关乎一个人的审美趣味，而这几无绝对是非之可言。我就书的样子谈点想法，纯属一己之见，并不强求他人认可，这是要事先声明一句的。

二、字之类

笼统地讲“看书就是看字”，固属不当；因为还有画册、影集，乃至“无字之书”。但也不一定错到哪儿去。那么就先从书上的字说起。

字有字体，字号，排印疏密，墨色浓淡等等不同。这些与书的内容或无甚关系，但是看时感觉就不一样。前次引用周作人的话，对《希腊拟曲》印成“细字长行”不满，讲的即是此种感觉。“文革”中出过若干“大字本”，据说系为某些上了年纪、眼神不好的高官所印；然而寻常书店亦能买到。家中存有一套李贽著《焚书 续焚书》，就是这种本子。十六开本，竖排，每页十行，每行二十一字，疏朗大方，读来赏心悦目。与此形成对比的是后来有的出版社所印“普及本”，薄本小字，密密麻麻，辨认不易。“法国廿世纪文学丛书”中亦有几种印成这个样子，如阿拉贡的《圣周风雨录》、波伏瓦的《名士风流》、莫狄亚诺的《一度青春》、图尔尼埃的《桤木王》等，均为三十六开本，每页三十一行，每行二十七字，可能为了节省纸张，降低成本，却不免有点委屈那几本世界名著了。近年来书籍排印则流行“注水”，版心缩小，行距加大，似乎又复回归“纸多字少”一路了。

字号大小，或与读者对象及印制成本有关；选择何种字体，则多半是主其事者的审美趣味乃至习惯使然。在这方面，个人口味则喜欢书的正文从头到尾都采用同种字体，最好是宋体字。对于将其中所引他人文字单独分段，上下空行，改排另种字体的做法，一向反对。我看五十年代所出诸书，除了所引系分行排列的诗歌之外，引文尚且很少变体。“文革”时期报纸书籍中凡遇马、恩、列、斯、毛话语，一律改排黑体，则是明示尊卑有别，与目下通行的引文变体做法，意义毕竟不同。

《周作人文类编》前有“全编凡例”，第十二条云：“周氏文章中引文极多，为使读时醒目，已将较为长段的引文用另种字体排印，与此有关的分段、标点因此略有变通，特此说明。”说实话我之不能认同字体改变，恰恰因为这“读时醒目”。曾经写文章说，该办法决不适用于知堂文章，尤其是“文抄公”之作，因为那里大量引文与其间所缀已语完全融为一体，倘予以割裂，文章气脉就断绝了。非但周著如此，别人作品也是同样。我不明白“读时醒目”，到底有甚用处。

另外一点个人口味，是喜欢书的正文中数字都用汉字表示。报刊上曾就是否该用阿拉伯数码反复讨论，论家立场多半与我相近；无奈据说曾有明文规定，是以难予纠正云。别人表示反对，往往考虑到两种数字表达方式实有歧义，不能完全相互替代。好比“弟子三千”，乃是约数；若写作“弟子3000”，则必得挨着人头确切数出来也。诗词中数字改用阿拉伯数码，就更不对劲了。譬如《周作人传》引用周诗《读书》一首，印作：“读书50年，如饮掺水酒。……”对此谷林翁有云：“忽然想起抗战期间在重庆流行过一首咏长途汽车的打油诗：‘一去二三里，停车四五回，抛锚六七次，八九十人推！’愁来无方，杞人忧天，竟不知对此该如何发付。”（《数码字》）

说来我还另有反对理由，也是因为“读时醒目”——当年钱玄同提倡改用阿拉伯数码，就曾提到“且醒眉目”（《论应用文之亟宜改革》）。我素敬佩此公，惟独这里不然。倘是一本账簿，此举固属必要；普通文章，何须这样。在我看来，正有如引文变体，该处显得特别突出，阅读时就不是打成一片的感觉了。

这些年来，凡我自己写的和编的书，都要求出版社能就以上两点网开一面。承蒙编辑宽容，倒是无一例外答应了。借此机会，表示感谢。——如前所述，这只是“个人口味”，也可以说是毛病罢，总之喜欢简单朴素，不喜欢繁复花哨，何况还是多此一举呢。天下读书之人多矣，或者自有同道，亦未可知。

谷林翁说：“自从书刊推行简体字横排之后，数码用阿拉伯字日渐推广。”至少竖排采用阿拉伯数码，读着不很方便。——这里可以顺便讲到繁体简体、竖排横排的问题。从前钱玄同倡导“左行横式”，理由之一是：“眼睛是左右横列的，自然是看横比看直来得不费力。”（《〈新青年〉改用左行横式的提议》）所说不无道理。但是也不尽然。有位朋友乘船横渡英吉利海峡时，不顾颠簸，读书不辍。后来我对她说，当时若手持一册竖排的书效果更佳，因为忽上忽下，正与字行一致，不致看串了。这当然是开玩笑；言归正传，无论繁体简体、竖排横排，我都可以接受，只是觉得不该偏废一端。采用何种方式，当视具体情况而定。现在中华书局和上海古籍出版社等处重印古籍，往往仍旧繁体竖排，可谓中规中矩。古人诗文简体横排，除了读着不很舒服之外，还有一些技术问题难以解决。姑举拙著《樗下读庄》为例，乃是《庄子》一段正文之后，我写一段解说。倘若竖排，则正文解说可用同种字体，正文顶头，解说退下两格，是否小一号字都无所谓。横排则要麻烦得多，而且怎么安排都未必合适。

当下以横排简体字来印行古籍者亦不在少数。我曾问一位编辑朋友，如此做法，目的何在。朋友回答，现在没多少人能读竖排繁体字了，不这样书就卖不出去。我又问，那么这种印法，是否真的就有更多的人要读；会不会既未开发出新的读者，又失去了那些习惯读竖排繁体字的读者呢。我看坊间此类"新印古籍"，未必比老派印法多卖多少。这位朋友所说，与前引"凡例"提到的"为使读时醒目"，共同之处在于好像颇替读者着想。然而这种"读者"，到底是自家臆想出来，还是真的存在呢。时至今日，古籍书碍难畅销，出版者亦不必多存奢望，只须把书印得规矩、地道，自有那为数虽不很多，但也未准很少的一批读者要买要读。假如他们看着别扭，觉得不是那么回事儿，恐怕就根本无人理会了。

三、图之类

现在带插图的书——即所谓“图文书”——越来越多。就“图-文”关系论，书中插图大致可以分为两类，其一非有不可，其一可有可无。后者自当宁缺毋滥；前者不妨稍稍放宽尺度，但也应该尽量印好。——问题在于如何才能算“好”，彼此感受往往不同，或者说要求不同：你觉得好，他无所谓；你觉得不好，他也无所谓。报上有篇小文介绍一本汇编鲁迅书影的书，正好当作例子。该文有云：“……这些旧书的封面设计大多出自于名家之手，无论是从色彩的铺陈上，还是从图案的构思上均堪称讲究，在古拙的线条中蕴涵着一股意定神闲、超尘脱俗的大气。书中所收的书影，虽然现今大都很难见到原书了，但通过这些设计精美的书影和选编者的文字解读，我们却能够重新感受到氤氲其间的书香，感受到一个时代浓重的文化氛围。”这番关于鲁迅书影的话不无道理；但若具体针对书中所印各幅而发，则质量实在欠佳：单色印刷，墨色过重，又未修版，书影不是残缺，就是脏污，甚至带有图书馆贴的标签。

类似这种情形，我也就无话可说了。

有关书中插图，且提出两条最低要求：即一要完整——特意截取局部者除外，但应予以注明；二要清楚——除非该图实属必要，而原版质量的确较差，虽经修饰仍然欠佳。不过前述鲁迅书影不在此列，因为质量好的并不难找。

关于前一点，也来举个例子。《后印象派绘画史》——按此书书名实应译为《后期印象画派史》——一书中，收有一幅高更的《拿斧头的男人》，但只见该人举着一根棍子似的东西，未免叫人莫名其妙。查法国 GRÜND 出版社印行之高更画册，敢情原画上边还有一截，斧柄斧头俱在。中译本此画是“出血”设计，在装订时最容易裁切过多，需要预先留出足够余地。而中译本中《拿斧头的男人》不仅上边裁去，左边和下边画面也各有缺损。或许是据以翻拍的图片，原本就不齐全。设计自应精心，素材遴选更要严格。此外还有一种情况：插图倒是不缺什么，可是长宽比例不对。我曾给一本电影随笔写过书评，有个问题未及说到，即该书插图多取自电影画面，原来是宽银幕的，却给印作普通银幕的了，结果变成了“拉长脸”。——常买 DVD 碟片的人，一看就知道图像处理之不当了。

关于后一点，黑白与彩色插图有所不同。黑白插图——指原本就是黑白的，如钢笔画、铅笔画和不套色的版画等——只须印得清楚就行了；换句话说，要达到黑白分明。鲁迅在《论翻印木刻》中说："翻印木刻画，也较易近真，有益于观者。"可以推广来讲以上各类黑白插图。这多少有赖于所用纸张的质量。坊间有一套"插图本名著名译"，虽然如出版前言所说，"该丛书一经推出，就以其深厚隽永的内涵、优美流畅的译文和典雅精致的插图博得广大读者的厚爱"，可插图印得实在谈不上"典雅精致"，还是吃了纸张太差的亏。顺便说一句，这套书另有两个毛病：一是版权页上一律不署画家名字；二是有几种插图系国内画家所绘，水平不高。近年来黑白插图印得最漂亮的，当属《约翰·克利斯朵夫》（中国友谊出版公司，二〇〇〇年）。鲁迅曾以"浪漫，奇诡，出于人情，因以收得惊异和滑稽的效果"（《〈一个人的受难〉序》）评价麦绥莱勒所作插图，这回真正把这效果体现出来了。插图共有三百七十幅之多，读来甚觉解气。

至于彩色插图，还要注意颜色不要过于失真。——我说"过于"，因为印刷品与原来的油画、水彩画或水粉画等，在色彩上总归会有些出入。印象派以后的油画往往很难印得理想，其中莫奈、高更两家之作尤其如此。画家对于色彩的把握太微妙、太复杂了，印刷技术实在无力再现。现在只是希望不要印得太走样——譬如原来的绿色变成黄色，甚至红色——就是了。前面谈到纸的因素，印彩色插图大约以胶版纸为佳；现在流行的轻型纸，印水粉画还行，若是油画就差多了。补充说一句，轻型纸印黑白插图也有差异，印照片明显不如印钢笔画、铅笔画和版画；应否采用，须视具体情况而定。

以上所说，关乎这一话题之根本，即书中插图究竟有何用处。现在都喜欢出“图文书”，似乎很少有人对此认真考虑。这里姑且认定插图是有用的罢，具体说来，不外乎一，提供信息；二，可资欣赏；三，构成图书之美的重要成分。就中第一项是为基础，倘若无此用处，别的也就谈不上了。如果图像画面不清楚，不完整，或变形，则连最基本的信息提供都达不到。后两项稍涉玄虚，而且可能遭致反对。即以前举鲁迅书影为例，或者要说未予修饰，旨在存真；那么保留缺损、污迹和图书馆的标签，亦不无道理。在我看来，倘若该书专讲一己收藏，这样做法自无不可；若是泛论鲁迅书影，则应尽可能呈现其本来面目。当然如何修饰，亦有讲究，面目全非，自非所宜也。

可以引鲁迅自己的话来说明。如《〈近代木刻选集（二）〉小引》云："仔细看去，虽在复制的画幅上，总还可以看出一点'有力之美'来。"《〈近代木刻选集（二）〉附记》云："现在又经复制，但还可推见黑白配列的妙处。"《〈引玉集〉广告》中有"神采奕奕，殆可乱真"之语，《论翻印木刻》更说："希望有更多好事的'私人'，不为不负责任的话所欺，大家都来制造'精印本'。"可知此老之志趣所在。现在复制他自家书影，亦不应随便对付。书中插图虽然不比专门画册，仍以令人赏心悦目为宜。退而求其次，总不该看了难以忍受罢。

四、关于封面

封面也是"图"，之所以单独挑出一说，因为性质特殊：第一，显露在外，乃是书的脸面；第二，不像插图往往只针对书中某一部分，它与整本书或整套书都有关系。前次谈论插图，多从"复制"着眼；要讲封面，且来考虑"创造"一面。虽然，插图也有特地创作的，封面也有采用现成的。只为说着方便，是以各有侧重。

封面与书关系如何，并无硬性规定。鲁迅一九二六年二月二十七日致陶元庆信中有云："我想这一幅，用于讲中国事情的书上最合宜。”这里“合宜”二字，形容最是恰切。按该封面本为《莽原》杂志设计，后鲁迅用之于所编《唐宋传奇集》。鲁迅托陶氏为淦女士著《卷葹》、李霁野译《黑假面人》和自著《坟》设计封面时，曾经逐一介绍作品内容，亦为俾能“合宜”也。所谓“合宜”，似应包括两层涵义：起码不要“不合宜”，勿与书的内容、性质或调子相冲突；进而还要“合宜”，对于书的内容、性质或调子有巧妙适当的揭示。封面本身又当以艺术作品论，那么就涉及一应美学问题，如新颖，含蓄，和谐，等等。这与前述两条无所违背，即不因制作一幅艺术作品，就不管后面是怎样一本书了；也不因顾及书的内容等，而丧失了自身的艺术水准，——前文所以强调“巧妙适当”，即是这个缘故。此外书的封面不无广告性质，常常力求惹人注目；但欲达此目的，又未必一定要搞得浓重热烈。无论如何，总以合乎上述原则为准。

现代文学史上，不少作家能自制封面，周氏兄弟、张爱玲等均如是。且以张著小说集《传奇》为例，体会一下怎么算是“合宜”。这书封面我见过三种，其一是张爱玲自己设计的，其二、三出自炎樱之手，张爱玲亦参与其间。《传奇》初版本封面浑然一色，上有“传奇”和“张爱玲著”几个墨笔大字。对此她在《〈传奇〉再版的话》中解释说："我要我最喜欢的蓝绿的封面给报摊子上开一扇夜蓝的小窗户，人们可以在窗口看月亮，看热闹。"只此"我最喜欢"四字，便是一种"合宜"。"书再版的时候换了炎樱画的封面。像古绸缎上盘了深色云头，又像黑压压涌起了一个潮头，轻轻落下许多嘈切嘁嚓的浪花。细看却是小的玉连环，有的三三两两勾搭住了，解不开；有的单独像月亮，自归自圆了；有的两个在一起，只淡淡地挨着一点，却已经事过境迁——用来代表书中人相互间的关系，也没有什么不可以。"（《〈传奇〉再版的话》）至于增订本，"封面是请炎樱设计的。借用了晚清的一张时装仕女图，画着个女人幽幽地在那里弄骨牌，旁边坐着奶妈，抱着孩子，仿佛是晚饭后家常的一幕。可是栏杆外，很突兀地，有个比例不对的人形，像鬼魂出现似的，那是现代人，非常好奇地孜孜往里窥视。如果这画面有使人感到不安的地方，那也正是我希望造成的气氛。"（《有几句话同读者说》）正如这里所说，两幅封面对于书的内容、性质或调子均有所揭示，确实巧妙适当，又是一种"合宜"。——其实初版本封面颜色也与作品调子有关，不过另是一种表现方法罢了。把三幅封面放在一起，可以看出张爱玲对自己作品的把握的变化轨迹，似乎越来越强调其中的冲突性了；而多少与她在《自己的文章》中所宣扬的立场相左，这也是有意思的。

张爱玲自己懂设计，又有炎樱帮忙，能把鲁迅所说“合宜”体现得恰到好处，实属得天独厚。我们未始不能从中得到启发。要想做到“合宜”，一要对作品或作者体会得深，二要把这体会表现得好，此两者须得落实于某一创意，具体说来，就是封面的主要形象与基本色调。而前引张爱玲的话，讲的正是这个。现在许多封面不能令人满意，原因也在这里。体会要深，表现要好，那就不能来得太过容易。记得当初鲁迅请陶元庆为《坟》设计封面时，特别提出：“我的意思是只要和‘坟’的意义绝无关系的装饰就好。”（一九二六年十月二十九日）实乃高明之见。以实在东西为书名者，封面最容易设计成“图解”了，此乃便捷之处，亦是受限之处，要想跳出这个圈子很难。陶氏到底还是画了一大一小两座坟，论家评曰“虽未合鲁迅本意，但清冷孤寂之景，跃然纸上”。毕竟不及他为《彷徨》所作封面，更具神韵。鲁迅曾说：“《彷徨》的书面实在非常有力，看了使人感动。”若论“合宜”，这也是上好例子。

关于封面，我承认自己是“今不如昔”论者。不要说《彷徨》、《传奇》这些老封面了，即以几套仍有品种陆续推出的丛书而言，如“二十世纪外国文学丛书”、“中国古典文学基本丛书”等，后来的设计都较从前的相差甚远。要么缺乏创意，要么连关于形象与色彩的基本感觉都不对。就中原由很多，强化广告作用，以求招徕读者即为重要一项；但也与过去多为画家手绘，现在采用电脑制作不无关联。不是说前者一定就比后者强，但是手绘封面每每有种简单味，有种拙意，有种鲜活劲儿，在电脑设计的封面上很少见到。常见的是胡乱搭配，满满当当，花里胡哨，毫无美感。这不能完全归咎于电脑设计本身，但若说此项操作太过容易，因而便于滥竽充数、应付凑合，总归无大错罢。

以上所说，仅限于“创造”这一阶段，而封面效果好坏，还有赖于纸张、印制诸环节。鲁迅当年给陶元庆写信，就曾一再谈及此类问题。譬如：“《莽原》书小价廉，用两色板的面子是力所不及的。”（一九二六年二月二十七日）又如：“听说第二板的颜色有些不对了，这使我很不舒服。上海北新的办事人，于此等事太不注意，真是无法可想。”（一九二六年十月二十九日）用纸过薄、过厚，印刷偏色，都颇影响效果。又如黑白两色皆很醒目，但纯白封面易被蹭脏，纯黑封面易显划痕，稍经翻阅，即成次品。此虽与设计与印刷无关，但读者的印象却是整个的。我自己所著《张爱玲画话》和《不守法的使者》都有此问题，该算是一点教训了。

五、装帧余谈

前些时有朋友送书给我，特地挑了一套精装的。到手一看，虽云精装，却无书衣，不免略感失望。后来调换了简装本，才觉合意。这可以代表我对书籍装帧这一方面的态度。精装乃是讲究做法，也就不该凑合。起码要有护封；顶头布要齐整，颜色最好与封面协调；封面及书脊要有设计，不能空白。否则不如简装好了。

精装书都有前后环衬。有时将前环衬与扉页合而为一，此亦寒酸之相，殊不足取。环衬或采用特种彩纸，或稍有设计，但以简洁大方为要。前次讲封面时谈及“调子”，环衬设计，最与书的调子相关。简装书也应有环衬，至少前后各添一页白纸，不然翻开封面就是扉页，着实突兀；正文若一直印到末尾一面，说句不好听的该叫“露屁股”了。此外，扉页、目录、书眉、页码等，也不宜草草对付，盖此等处均构成图书之美的因素也。

别人听了我这番话，可能要么觉得要求太高，要么觉得太低。站在一种立场，书但凡能看就行；站在另一种立场，则只在乎那个样子。姑且分别称之为“阅读派”和“收藏派”罢。我自己则置身中间，觉得图书之美，乃以阅读为本。书的模样太差，没有兴趣读它；装帧设计搞到妨碍阅读的程度，同样看不上眼。好的装帧设计，应该对阅读有所助益。

且来举个例子。不少书都设计书眉，除了显得美观之外，还起到检索作用。那么到底印些什么，就须斟酌一番了。手边有套《卡夫卡全集》，打开第一卷，双码页印着“卡夫卡全集·第1卷”，单码页印着“第一辑　生前问世之作”、“第二辑　遗作中之佳作”或“第三辑　微型小说”。这一卷的总题目叫“短篇小说”，每辑还有具体篇目，这些都未体现出来。设想一下，读者此卷在手，双码页之“卡夫卡全集·第1卷”有无必要；所要查找的当是具体篇目，所以单码页所印内容提供的信息不够。依我之见，不如把“第一辑　生前问世之作”等移至双码页，前面若添加“短篇小说”则更佳；而在单页码印具体篇目。这样读者使用起来就方便多了。此书共九卷，各卷依此原则办理，似乎并无困难。类似问题亦见于该出版社所出别种“全集”，书都印得非常漂亮，可惜此点考虑不周。

再举一个例子。大约是节约成本的缘故罢，如今的书多半没有书签。精装书要有书签带，但往往也省掉了。这样一来，读书中止之际，就只好另找东西夹上，或者把书折个角儿了。从前出版的陀思妥耶夫斯基、托尔斯泰、屠格涅夫等著长篇小说，因为俄国人名太长，用法又很复杂，书签上印了“主要人物表”，据以查对，非常便利。只是那时书签设计未免呆板，现在再做，当会更其美观。书签或书签带，其实也是书的外观设计的项目之一。

阅读与收藏两种立场，亦于精简装之取舍上有所体现。精装非得正襟危坐以对之；简装书更宜于阅读，一册在手，坐倚两便，厕上枕上，亦无不可。不过精装书若是印得讲究，的确予人隆重之感，姑且说更适于收藏罢。过去一种书常常分出精简两种，实为内行做法。而且精装不怕厚，简装则不宜太厚。过去印行的《十日谈》和《意大利童话》，都在千页左右，简装分作两册，精装合订一册，更属合宜之举。

再讲一段与自己有关的事情。我起先编了一本《关于鲁迅》，有六七百页，谷林翁收到后来信云：“书刊之开本、字体，弟亦略有私意，颇取三联印行朱自清文集的方式，即既可分册零售，而又能收集配套，《关于鲁迅》分装四册，则取携实较一厚册为利便，书脊亦较不易损坏也。如今新书用纸质量颇见提高（只是略嫌厚重），而字体多近六号，令老人不得不一手持放大镜，则亦烦恼事也。”（一九九七年十二月十七日）我从这里受到启发，后来出版的《周作人自编文集》与《苦雨斋译丛》，均采取分册单行办法。而谷林翁于此，始终予以鼓励点拨。来信中谈及《苦雨斋译丛》云：“至于出书，极同意你的按原稿一本本印去为善，编成成套的硬面厚本，读者为难，出版社其实也为难，套书周转不易，流动资金必致大笔冻结，非策之善者也，而装帧版面皆不易求得雅淡。”（一九九九年三月三日）谈及《周作人自编文集》云：“知堂三十六种能如愿印成，则《回想录》最好分为两册，厚本捧在手中太费劲，与硬纸版精装书为同一类也。”（一九九九年十二月二十九日）此乃读书人的诚实态度，然其于装帧之美亦未尝不看重也。

成套书的装帧设计，尚有一点须加留意，即倘若每册单独定价，则书脊不宜印有“第×卷”字样，不然读者若是只买单册，摆在架上很不好看。前不久面世的《罗念生全集》，即属此类。而收有《西游录》、《异域志》等的“中外交通史籍丛刊”，本系松散组合，重版时却在每册书脊标以很大的阿拉伯数码，实在有些莫名其妙了。

至于书的开本，并无一定之规。要讲个人偏好，则过去的大小三十二开，现在的国际开本，都能接受，此外过小，过大，便不很习惯。譬如所谓“口袋书”，不仅阅读不便，在书柜里也没处放它。而开本过大，也感别扭。我曾为卡内蒂著《群众与权力》（中央编译出版社，二〇〇三年）中译本写过书评，这里补充一句：该书印成十六开本，看着好比教材一般，恐怕不算妥当。开本大小还与书的厚薄有关，页少本大，页多本小，都不好看。

书的装帧还包括其他方面，譬如版式设计，材料选择，印刷工艺，等等。要而言之，均以与书的内容和谐及不妨碍阅读为宜。其实设计者如果自己爱看书，一切也就不成为问题了。

二〇〇五年二月十六日

也谈毛边书

谈到毛边书，论者每每标举鲁迅，他也确是中国“毛边党”的祖师。然而，大家多爱引用的“装钉均从新式，三面任其本然，不施切削”，却只是鲁迅所作《〈域外小说集〉略例》第二则头一句的前半，接下来还有话说：“……故虽翻阅数次绝无污染。前后篇首尾，各不相衔，他日能视其邦国古今之别，类聚成书；且纸之四周，皆极广博，故订定时亦不病隘陋。”

先来看看“类聚成书”、“订定”是怎么回事。《略例》第一则：“集中所录，以近世小品为多，后当渐及十九世纪以前名作。又以近世文潮，北欧最盛，故采译自有偏至。惟累卷既多，则以次及南欧暨泰东诸邦，使符域外一言之实。”也就是说，周氏兄弟译《域外小说集》，待到“累卷既多”，读者不妨“视其邦国古今之别”，拆散重编。是以《域外小说集》印成毛边，目的有二，一是“虽翻阅数次绝无污染”；一是即便重施装订，边缘亦“不病隘陋”。唯《域外小说集》只出两册，即告中止，“类聚成书”自无从实现。

多年后，《语丝》上有关于毛边书的讨论，周作人为方傅宗《毛边装订的理由》所加按语，正与鲁迅的意思相合：“第一，毛边可以使书不大容易脏，——脏总是要脏的，不过比光边的不大容易看得出。第二，毛边可以使书的‘天地头’稍宽阔，好看一点。不但线装书要天地头宽，就是洋装书也总是四周空广一点的好看；这最好自然是用大纸印刷，不过未免太费，所以只好利用毛边使他宽阔一点罢了。”（一九二七年四月三十日《语丝》第一百二十九期）

荆有麟《鲁迅回忆断片》有云：“中国印毛边书，是先生所主张，而且开创的。因为先生看到，中国新装订的书，因看书人手不清洁，而看书，又非常之迟缓，一本还没有看完，其中间手揭的地方，总是闹得乌黑，因为那地方，沾的油汗太多了，等到看完了要收藏起来了，一遇天潮，书便生霉，再长久，就生虫。所以先生主张将书装订成毛边，待看完以后，将沾油汗的毛边截去，书便很整齐摆在桌子上了，既新鲜，又不生霉。但看毛边书，却非常之麻烦，第一先用刀子割，不割是不能看。第二看完又得切边，不切边放不整齐。”鲁迅所作《伤逝》就提到，主人公译书谋生，“决计努力地做，一本半新的字典，不到半月，边上便有了一大片乌黑的指痕”。一九二七年七月二十三日《语丝》第一四一期载黄汝翼《又关于毛边装订》，也证实了荆氏的说法：“毛边虽然不大容易脏，可是于美观上也不很好，并且每本读了以后，还要费去二三分钱的裁工，假如有好整齐的毛病像我。”

这里言及“美观”，直是“此亦一是非，彼亦一是非”，因为周氏兄弟恰恰以此为美。周作人说：“因为要使自己的书好看些，用小刀裁一下，在爱书的人似乎也还不是一件十分讨厌的事。”鲁迅所说更绝对：“我喜欢毛边书，宁可裁，光边的书像没有头发的人——和尚或尼姑。”（一九三五年七月十六日致萧军）不过现在的人说中意毛边书，多只强调“好看”和“边看边裁”，忽略了“毛边可以使书不大容易脏”，而且几乎忘记了毛边书最终可能需要再行裁切。有人更以为毛边书专为收藏，则未免本末倒置。

谷林写过一篇《毛边书漫话》，倒是注意到了这个问题：“所谓‘毛边’，用现代流行语来状摹，也算是一种‘包装’，但采用的是减法而非加法，即在印妥下机装订后即行出厂，省却一道切边的工序。这里要注意一点，即在拼版、折页之际不可忘掉‘地齐天毛’的老话。盖真正的毛边只在天头和书口，至于地脚虽亦不施刀切光，却是整齐平直的。因为所印已非线装古籍，上架一概竖立而不是平置，如果保留毛边，则不耐磨擦，很快就会卷边折角，自然也极易沾污，势必有一天会让藏书者不得不送它到印刷所去补切一刀以资‘革新’了。”

现在所见毛边书，往往恰是“天齐地毛”样子；而“省却一道切边的工序”，其实就是半成品，谈不上什么美观，盖“瘌痢头”尚不及“没有头发”也。是以我对这种玩意儿一向不大当回事儿，朋友送书给我，我宁肯要光边的。偶有例外，譬如前不久面世的扬之水著《奢华之色》，毛边三面均隐于精装书壳之内，堪称精致；又《美国散文精选》和《培根随笔》，书页上下切光，留书口不裁，亦算漂亮。这样的毛边书，才配得上周氏兄弟的说法。

二〇一〇年五月二十八日

买书旧事

前几天有记者打电话来，问我现在买书感觉如何。我说一则以好，一则以不算太好。这是与从前比较而言。“从前”指七十年代末，我刚买书的时候，也就是“文革”以后，外国文学名著开始“解禁”的时候。今昔不同，首先在于如今在书店里看见一本想要的书，无须急忙掏钱，过上两三个月，照样还能买到。从前可不行，一本书错过，也许第二天就买不着了。只好从书店门口的“黄牛”手里买加价的，书本不贵，无非加三五毛钱而已，不过已是很大的百分比了。有段时间书店柜台一角备有两份报纸，一为《社科新书目》，一为《上海新书目》，可以查看即将出版的书，登记在卡片上。书到后，书店会把卡片寄来，凭此去买给你保留的书。后来无此必要，这项服务措施也就淘汰。现在到处都卖降价书，九折八折不等，如果不着急，六到八个月以后，就可以在降价书市买到半价的了。

所以现在买书容易多了，也方便多了；然而当初那份儿乐趣，几乎谈不上了。乐趣在于得之不易；进一步讲，一时欲得而不能，也未始不是一种刺激，及至终于到手，则岂止快慰，简直是兴奋异常了，——这里免不了有点坏心眼儿，即自己拥有而他人没有，很是得意，可以炫耀一番。相比之下，现在感觉可就平淡得很。所以虽然多年过去，打开书柜一看，哪本书当时在哪儿买的，和谁一起买的，仍旧了然于心；后来买的反倒有些模糊，甚至连买没买过都记不住了。此为个人感受，扩大来讲，也可以说是图书市场日渐萧条的一点反映罢。随便找出一本二十年前的书，开印动辄几万、十几万，还是一抢而光；现在的书不过三五千册，居然卖不出去。买新书根本算不上收藏，然而收藏亦必有一前提，即物以稀为贵是也。从这一角度讲，我觉得人们与其收集那大量发行的邮票，倒不如搜罗这种印数无多的图书呢。

记者还问我喜欢到什么地方买书。我说就近而已，只要是较大一点的书店，哪儿都无所谓。过去就不一样，不同的书店品种总有差异，出去买书，往往要跑几个书店。大洪兄与我是因买书而结识的朋友。他那时在工业学院读书，星期天进城买书，我们先在王府井碰面，然后去东四，北新桥，我到家了，他还要一路去交道口，地安门，新街口，动物园，首都体育馆和魏公村各处一转，才回到学校。有时再多走几步，则拐到西四，三里河或西单。其中不少书店今天已经不复存在。我尝说，如果要写二十年来北京书店的变迁史，七十年代末到八十年代初那一段儿很少有人比他更熟悉了。

过去有不少书是内部发行的，不知道门路，就无法买到。王府井、西四和新街口书店都有机关服务部，可以径直进去买门市不卖的书。最大的内部书店在西绒线胡同，管理并不太严格，自己写封介绍信，盖个随便什么单位的戳儿就行了。那里也是我们每周必到之处，有一次我买着马克·斯洛宁著《苏维埃俄罗斯文学》（上海译文出版社一九八三年十月出版），回家以后，一口气读完，居然已是黎明时分。此外东单三条西口还有一家内部书店，不过地方很小。王府井南口外文书店楼上，火车站对面邮局附近，也曾经卖过内部图书，而且不要介绍信，这两处连同东单三条那家现在都拆得无影无踪，提起来也很少有人记得了。我的一本《肖斯塔科维奇回忆录》，便是在外文书店楼上买的，封底只署“外文出版局《编译参考》编辑部编印”和“一九八一年十月，北京”，并非正规出版物，当时这种书很有不少。还有一套群众出版社一九八二年十二月印行的《古拉格群岛》，共三册，买到却颇费周折。因为上述胡乱开的便笺不管用了，须持有局级介绍信，长安街上那家读者服务部才肯发售。我赶紧四处托人，帮上忙的一位副局长不很放心，追问到底是什么书，我说是地理书，这才开出介绍信来。回想起来，当初岂止是买几本书而已，对我来说，一生的思想基础多少就因为读这些好不容易买到的书而奠定，所以对有关出版社、书店和卖书的人，不能不怀有几分感激之心了。

大洪兄和我每次买书都要仔细挑选，他最在意书角有无磨损，我则更讲究书脊是否平整，这习惯一直延续至今。过去买书困难，可供取舍的余地不大，而且没挑上一会儿，已经惹得售货员讨厌了。现在则要方便得多，几乎可以由着你的意愿挑选。一时找不到满意的，不妨下回再来，反正也卖不完。过去买书回来还要逐一修补，可能与装订普遍简陋粗糙不无关系，现在倒不大费这个劲儿了，——多半是用不着，再说也不复当年兴致了。

二〇〇一年十一月二十五日

我的签名本

我曾听人说：列位赠书，请勿签名，因为送到旧书店不好卖。举座愕然。我也曾在中国书店见过自己的“签名本”，不过写了字的扉页给粘上了，对着光才看得出来。想起这本原系人家不久前指名索要，不禁失笑，插回书架。由此明白：别轻易赠书，尤其是对此兴趣不大者；亦别轻易索书，尤其是自己不感兴趣者。当然，相识或不相识的朋友送给我的书，我都好好放着，不会像上面两位。

现在要讲签名本，限于自家求人签名的，受赠者不在其列。迄今为止，我一共请过六位作者签名。中国人有三位。我与钱瑗有转弯抹角的亲戚关系，有段时间常去和她聊天。好像还是她提起让她父母签名的事儿。我当然愿意，把所买钱锺书和杨绛的书都给送去。再见面时，已签好了。钱瑗说，她父亲见书很新，还问是不是没有看过。钱氏所作七种，《管锥编》（第一册）、《谈艺录》、《七缀集》、《宋诗选注》、《围城》、《人·兽·鬼》和《写在人生边上》，都用毛笔写了“进文小友览存”或“进文小友存览”，下署“钱锺书”，印章各不相同。杨氏著译八种，《干校六记》、《将饮茶》、《关于小说》、《洗澡》、《喜剧二种》、《小癞子》、《堂吉诃德》（上册）、《吉尔·布拉斯》（上册），前六种写“进文小友存览”、“进文同志存览”或“进文同志览存”，后二种写“进文小友”，用的是圆珠笔，印章计有五种。我还有一本《春泥集》，系朋友“干没”图书馆的，没敢拿去，但对钱瑗讲了，杨绛似乎对此有所批评。她另送我一种香港文学研究社印行的《倒影集》，亦题署、钤印。买到《槐聚诗存》和《杂写与杂忆》时，我因工作冗繁，未及找作者签字。钱瑗和钱锺书去世后，杨绛又有《斐多》、《我们仨》和《走到人生边上》问世，我都买了，还得着一套《杨绛文集》，但是不敢再打扰她。敬祝她老人家健康长寿。

另一位是侯孝贤。将近二十年前我看《悲情城市》，很受震撼，以后他导演的片子看了很多。侯氏自有艺术追求，且持之以恒，可与阿尔默多瓦、阿巴斯·基阿鲁斯达米、达内兄弟、杨德昌等相提并论，此间见利忘义或无义可言之辈，压根儿不足道。《最好的时光——侯孝贤电影记录》一书，所记录的与其说是侯孝贤不如说是朱天文，但侯孝贤来京签售此书，我还是得到一本。

外国作者也有三位。头一位是阿兰·罗伯-格里耶。在我看来，二十世纪下半叶，世界上没有比他更重要的作家。我曾在《影响我最大的十本书》中说：“卡夫卡和博尔赫斯可以说是分别描绘了‘有’和‘无’两个世界。然而卡夫卡眼中的‘有’的主体是人，罗伯-格里耶重新面对这一切，他看出来‘有’的主体原来是物，从某种意义上讲正是更进一步。”后来通读他的作品，又写了《无意义之意义》，算是比较用心之作。二〇〇五年九月一日，偶阅报纸，得知当天上午他在国际图书博览会出席一个活动，遂匆匆带了他的《反复》和《快照集　为了一种新小说》，赶去展览中心。恰逢一位与我谈过翻译出版高更著作的法国使馆文化处的女士在场，遂托她帮忙。她向罗伯-格里耶略作介绍，我只听懂“高更”和“布列塔尼”两个词儿，大概涉及那出书计划，而罗伯-格里耶正是布列塔尼人。他热情地与我握手，他的手很宽厚，很有力。他在我带去的书上签了名字。我一直都为此感到幸福。今年二月十八日，罗伯-格里耶病逝，享年八十五岁。报上文章多有贬抑之词，我想人们大概还不能领会他的好处罢。

另外两位是翁贝托·埃科和奥尔罕·帕慕克，也是我特别喜欢的作家。我请埃科签了《带着鲑鱼去旅行》、《悠游小说林》、《开放的作品》、《误读》和《波多里诺》，末了一册，环衬印着埃科的签名，被他划掉，另外手写一个，亦是有趣味处。请帕慕克签了《白色城堡》、《伊斯坦布尔》、《雪》、《黑书》、《新人生》和《寂静的房子》。《我的名字叫红》第一次印刷书衣用的是“泡泡纱”似的手揉皱纹纸，第二次印刷后改成书版纸；此外又有精装的“插图注释本”，共印两次，后一版环衬添加了作者自制的藏书票，插图亦根据他的意思换了几幅，这四个本子我都让帕氏签了。

这世界上，我希望得到签名的作者另外还有几位，机缘不到，且俟来日。此刻想说的，是“但愿人长久”这个意思。

二〇〇八年五月二十六日

却说买碟之类

洁尘上一本电影随笔集《华丽转身》面世后，承蒙惠赠一册，随即读毕。这回《暗地妖娆》又要出版，经手者是朋友，趁便索得校样，先睹为快。我看这两本书的确有点别有用心：想由此获取一点信息，譬如有什么DVD她看过，且说好，而我错过了。所以放下书稿，打算干的并非作序这等闲事，乃是赶紧往音像店走一遭也。如此颇有买椟还珠之嫌，但是我想作者也是买碟一族，应该不会介意，或许莞尔一笑亦未可知。洁尘所写本非购碟指南，而以记述一己感想为主；我看她的文章，较之以前似乎更其率性。不是指的文字，文字照旧讲究、漂亮；我是说就中意思。现在洁尘好像丝毫不怕写出单单一己所有的想法。这是她的自负之处，也是真诚之处。或许此后连她也不能赞同自己了，那么就会告诉我们一些新的念头，但是仍然是属于她自己的。文章这样写法，当然不差；以买碟看碟计，却未必高明。好比我见她一再说："《索多玛的一百二十天》我没有买，因为我肯定不看。""我前段时间淘碟时还看到这个主题中的重量级作品《索多玛的一百二十天》已经有了。我知道它是一部什么样的电影，恐怖而且恶心。我没买，因为我肯定不看，我可不想挑战自己的审美观。”不由得暗地发笑：别看此刻讲得这么决绝，赶明儿没准悔不当初，等着瞧罢。此乃我的经验之谈，虽然与这张碟并无干系。话说至此有点儿自相矛盾：我到底是想听她的，还是不想听呢。听，却未必从。买碟不比买书。后者几乎一概事先了然于心；偶有例外，在书店里翻阅一番就是了。碟是光盘一张，不知内容究竟；包装上的介绍多半胡说一气；看杂志稍为管用，到底不够；网上所谈聊供参考，口味或许相去较远；至于家藏的几本旧电影史，很难派上用场。所以很想听听朋友的意见；即便她或他说的不合我意，也无所谓。我相信洁尘这本书会与上一本同样受欢迎，原因之一就在这里。这是买碟者之间的勾当，其会心处不足与外人道也。

我读《华丽转身》时，买碟尚且不成规模；只是最近半年热衷此道，所以《暗地妖娆》在手，觉得更有意思。我有关电影的记忆可以追溯到“文革”前，但是当时以及后来看的那些东西，没有任何价值，根本无须一提。一生中这方面最重要的经历，是在八十年代初，北京举办过几次外国电影回顾展，包括英国、法国、意大利、瑞典、日本和美国的，或在小西天的电影资料馆，或在北展影院，或在新影厂，或在八一厂，真让我们一饱眼福，虽然八一厂离我家实在太远。有一天同时还逢着美国电影周，母亲和我上午两部，下午两部，晚上两部，资料馆、首都影院、人民剧场，再是资料馆，仿佛赶场似的，一天下来，只吃了一点面包。这是我们的乐趣所在。十七年前的一个晚上，我和朋友在新街口喝了很多啤酒，差不多喝醉了，然后一起到小西天去看电影。放的是伯格曼的《野草莓》和费里尼的《八部半》。过了这么久，两部电影内容居然还记得清楚，甚至包括很多细节，可是我当时的确有点醉了。我的意思是说我跟电影真的很有缘分。我更偏爱《八部半》一些，因为它更复杂。《野草莓》也很好，只是和《八部半》比起来未免稍嫌简单。或许这样两部电影不应该在一起看的。费里尼的电影，我还看过《甜蜜的生活》。关于他我杜撰了个“全景式的精神世界”的说法。这一方面本来只应该说“深刻”的，然而讲到费里尼则非得加上“广大”二字不可。更深刻地揭示精神世界的是安东尼奥尼。他的电影，我看过《奇遇》、《夜》、《蚀》、《红色沙漠》和《放大》，都是寂寞而荒凉的心灵之作。费里尼似乎略显庞杂，更多灵动的成分，也许是才气更大罢。

安东尼奥尼的局面要小一些，但是更精致，也更细腻。或许可以说，费里尼关注的是复杂的精神世界，安东尼奥尼关注的是精神世界本身的复杂性。前几天和皮皮见面，聊起电影，彼此说的差不多都是对于安东尼奥尼的礼赞。伯格曼的电影我看过十来部，觉得他既是哲学家，又是梦想者，两方面都是登峰造极的。这里最难忘的是《冬日之光》和《假面》。《假面》好像有点“做”，但是“做”得真好，像寓言那么完美。其实我们不能拿“做”与“不做”来批评寓言，因为寓言本来是与现实平行的，不过它同时还能涵盖现实而已。《冬日之光》单纯极了，干净极了，或者说是用的减法，把一切能减掉的都减掉了，不带丝毫华饰，显得非常结实。最了不起的就是这样揭示我们世界最基本的东西，然而使用的又全然是文学手段。伯格曼原本是喜欢华饰的，也有本事把它搞得很精彩，很漂亮，末了那部《芬尼和亚历山大》，可以说通篇都是华饰，也就是梦。可是《冬日之光》没有一点梦的意思。我想《冬日之光》这样的电影一生只能拍一部，就像《芬尼和亚历山大》也只能拍一部一样。伯格曼别的电影，都是梦与哲学不同程度上的交融。还有两部当时看过的电影应该说到，即雷奈导演、罗伯-格里耶编剧的《去年在马里安巴》和小林正树的《怪谈》，前者是一座深邃，繁复，永无尽头的迷宫式建筑，我惊异于它竟然如此纯粹；后者则诡谲唯美之至，特别是其中“无耳芳一的故事”，简直超乎人类想象的极限。

这以后就是不大看电影的岁月了，好像倏忽过去好些年似的。不知怎么回事，我错过了 VCD 时代：没有买 VCD 机，也很少买碟，偶尔在电脑里看一张，不成规模。这也是我对近二十年间的电影所知不多的原因，然而塞翁失马，焉知非福，至少后来有了 DVD，不会像某些朋友那样为白白买过许多 VCD 而别扭不已。我买的第一张 DVD 是《这个杀手不太冷》，时为去年春节，亚非兄陪我去海淀图书城买书，书店一概关门，只好买了这张碟，以免空手而归。至于此后竟反客为主，买碟的兴趣简直要超过买书了，却是始料不及的。说来我看电影的口味也有些许变化。前述安东尼奥尼、费里尼、伯格曼和雷奈仍然中意，他们的作品也买到一些，虽然离齐全差得还远；此外还有塔尔科夫斯基、黑泽明、库布利克、基耶斯洛夫斯基、戈达尔以及洁尘不买的《索多玛的一百二十天》的导演帕索里尼等；较新一点的则有拉斯·冯·提尔、阿尔莫多瓦、阿巴斯·基阿鲁斯达米、北野武、陈英雄和侯孝贤等。洁尘谈到北野武时说：“他得了大名的《花火》几乎要把我闷死。”对此我不敢苟同，这片子是前年在资料馆看的，觉得处理暴力与美的关系最为圆满；然而别处洁尘自称“闷片专家”，又令我颇有契合之感。另一方面，我也喜欢那种智力很高的情节片，看的时候特具愉悦之感，虽然细数起来并没有很多，此刻想到的有《肖申克的救赎》、《大胆的爱，小心的偷》、《本能》、《一级恐惧》、《铁律柔情》、《玩尽杀绝》和《超完美谋杀案》等。不知道洁尘以为如何，或许将来写第三本电影随笔集时可以谈谈罢。

二〇〇二年二月十四日

莫扎特与我

这些年来我常常听莫扎特。但是这里所要谈的并不是他，而是我自己——因为我自忖没有谈论莫扎特的本事，无论是对他的生平，还是对他的音乐，我的所知都不超过普通欣赏者的水平，或者竟是更在其下。我又一向缺乏音乐方面的系统教育，即以所知而言也未必就确当。实话说，不过是凭兴趣听过一些曲子，留下一点片面肤浅的印象而已。卡尔·巴特说："如果谁对莫扎特仅一知半解就试图去讨论他，谁就很容易停留在仅仅用一些溢美之词去赞美他的阶段。"这话本来是警告咱们的专家或者自以为是专家的，我虽然两者皆不是，也该引以为戒才对。那么干嘛还要谈呢。巴特的话使我想起苏东坡的《日喻》："生而眇者不识日，问之有目者。或告之曰，日之状如铜盘。扣盘而得其声。他日闻钟，以为日也。或告之曰，日之光如烛。扪烛而得其形。他日揣籥，以为日也。"我们有眼睛的人总觉得这很可笑，但若真的替盲者体会，亦未始不是一种感受，甚至一种慰藉。我自认是这方面的盲者，但是莫扎特之于我，也正仿佛是太阳那么一个意思。

很多年来，我把莫扎特看成是光明。在所有艺术家当中，我觉得他与我最有关系，虽然说实话我们之间的距离却是最远的。我平时为文或行事大抵迹近中庸，但若论喜好却是在这世界上处于两极的东西，我自己是在其中的一极上，而莫扎特是在遥遥相对的另一极，我以他为光明，是因为我的思想其实是很黑暗的。（这更多地体现在我的长诗《如逝如歌》里。）我可以说是置身在莫扎特的音乐之外。要说与我最接近的还是另外一类音乐家，比如我一向很喜欢听的肖斯塔科维奇，他的音乐里有那么多的苦难，应该发生的，不应该发生的，反正是经历过，经历着，而且还将不可避免地要经历，这不是说的某一个人，而是整个人类，——我觉得他是一种黑暗的光，我希望有一天也能够好好表现出来自己也是这样。这还可以引一位画家的作品来做说明，那就是去年我在巴黎皮埃尔·苏拉热的画展上看到的他那些纯粹用黑色画的画。从来没有一个人的画像苏拉热那样让我有这样明确的“这就是我”的感觉，所以第一眼看到忽然觉得心里很乱。我想我就是这样的。比起我的一些希望通过散文宣传人类大同的朋友来，我可能更接近于后现代派，就像一个人半夜醒来，看着身边的人正睡得甜美，虽然不忍心唤醒他们，甚至觉得应该加以爱护，但是自己是无论如何再也睡不着了。也正是因为如此，我才真心向往莫扎特，——我不说喜欢，我是说向往，这换一个词来形容，也可以说是需要。莫扎特有我所没有的光明，也有我所没有的幸福感，但是他是那么真实，而且，从来也不简单。他也不是麻木，不是不知道或者否认世界上有苦难，他是包容了这些苦难，把它们与幸福一起放到一个更大的秩序里，他这个人一生也没有放弃对幸福的感受。就连最后的《安魂曲》，那么苦难的内容，也时时有着一个充满秩序的背景，我每一次听都感到对莫扎特才可以说"高山仰止，景行行止"。所有这些，都是我没有的，莫扎特让我看见了世界另外的一极，他才真正告诉我还有光明与幸福存在，所以多少年来我需要经常倾听他。这也就是我要说的"莫扎特与我"名目下的那个关系。

当我们看苏拉热那些完全是黑色的画时，我们看到上面的反光，黑色反而成为背景。这里有一种相反相成又相辅相成的东西，这样两个内容共同构成了完整的苏拉热。没有比他更需要光的画家了，也没有谁的画比他更让我们感受到光亮的强度。多少年来我反复地听莫扎特，虽然我的感受和我在这里所说的都是最平庸不过的，但是我仍然认为这至少对我是有意义的，因为这也是一种反光。莫扎特的光明在某种意义上也就为我所有。这提供了一种可能性：通过赞美莫扎特，我获得了一个完整的我。我以我的全部人生与思想作为这一赞美的背景。

一九九七年七月二日

伊藤若冲的画

翻看伊藤若冲的画册，我的第一感觉就是“惊艳”二字。只可惜汉语这路词儿已经被随随便便用滥了，真到派上用场时反倒拿不出手。俗话说好钢使在刀刃上，语言更该这样。这里我希望能够多少回到原本的意思上去理解。《西厢记》第一折，张生初遇莺莺，唱道：“颠不剌的见了万千，似这般可喜娘的庞儿罕曾见。则着人眼花撩乱口难言，魂灵儿飞在半天。”金圣叹故为此折取名“惊艳”。若冲笔下之美，足够让我们吃一惊的，端的“眼花缭乱”，当然不像戏文渲染得那么严重，因此也就可以“言”它一番了。

若冲的画，最好玩的要数那幅《丝瓜群虫图》，丝瓜连果带叶都被虫子咬坏了，简直遭了灾，而这园子大概属画家所有，他却不以主人自居，俨然局外人瞧热闹，有如造物俯瞰众生，只觉得那些蜗牛、蚂蚱、蜻蜓之类各忙各的，肆意天真，生机一片。远远飞来只蝴蝶，像是也被吸引，打算凑一角儿，那兴许就是画家的化身罢。由此可以体会若冲面对世界的立场或态度。这与写《昆虫记》的法布尔有点相仿，法布尔被称作“昆虫的荷马”，在他眼里，昆虫是自家天地的主体，就像《伊利亚特》、《奥德赛》里那些英雄一样。狩野博幸为《伊藤若冲大全》一书所写总说《伊藤若冲的介绍》有云：“在若冲的画中，既没有‘余情’，也没有‘余意’，连训诫的功能都没有。”若冲不“余”出他喜欢画的鸟兽虫鱼之外，他画出它们的“情”和“意”就够了，而不将其置于咱们人类的种种尺度之下评衡。狩野博幸又云：“也可以这么说：武者小路实笃画的南瓜必须与他的题识相搭配，题识是绘画的大前提。但若冲画的南瓜不需要任何题识。南瓜就是南瓜，就是一个在低声说着‘来画我吧’的南瓜。如果再多说一句，那么我们是否能和感应到南瓜的若冲的眼睛同一化呢？当我们同一化时，就会从若冲的画中感受到心满意足的愉悦。”若冲无论画植物动物，都当作如是观。

大典显常撰《若冲居士寿藏碣铭》记载了画家关于作画的自述。他明言不愿从前人画里取材，而要画一己所见——“亲即物而舐笔也。”但他认为所看到的山水、人物都不大值得画，于是就从家里养的“毛羽之彩，可五色施”的鸡开始，“极其形状写之”；“然后周及草木之英，羽毛虫鱼之品，悉其貌，会其神，心得而手应”。我看若冲的画，“悉其貌”自不待言，“会其神”尤其难得，所以还不是寻常所谓“栩栩如生”，他画里那些家禽野鸟，直“生”出神情，甚至“生”出心思来。譬如《老松白凤图》，旭日虽只露一角，却红如滴血，估摸只是转瞬之间的乍现，但一下惊动了白凤，不禁展翅起舞，昂首绝叫。对面松枝上的小鸟，瞧见白凤忽作此状，着实也吃一惊。又如《老松鹦鹉图》，一对纯白的鹦鹉，看着松枝上落了只周身翠绿、一羽鲜红的鸟儿，觉得非我同类，在那兀自诧异；料那鸟儿忽地见了鹦鹉，也是同样念头。在《鸡头螳螂图》里，鸡冠花开得绚烂之极，成了奇观，茎叶都快为此枯萎了，好像耗尽精血，毕其功于一役似的。那只螳螂显然知道此景难再，故而跳上去弄姿作态，形如欢呼。还有《玉蜀黍图》，巨大的玉蜀黍，近乎超自然的模样，两只小鸟落在它的茎叶上，就跟停在树枝上一般，大概它们也不明白到底是怎么回事罢。《红叶小禽图》和《桃花小禽图》里，无论红叶还是桃花，真乃“良辰美景奈何天”，小鸟们或许头回领略，不仅自鸣得意，还要彼此呼应。若冲画里的动物，说来都成了传达作者敏锐感受的媒介，但却与所谓“拟人”的手段判然有别——是若冲先把自己“拟物”，也就是“会其神”了。

若冲画鸟，画虫，画兽，喜欢让它们成群结队，蜂拥而至。与《丝瓜群虫图》相似，《池边群虫图》里，群虫纷纷出动，是大聚会，也是大劫掠。看到这一幅，同样让人联想到法布尔。《百犬图》里，狗各富神态，各具意趣，但是画一条两条不足以呈现画家所要的氛围，非得百十条挤在一起，相互嬉闹才行。《秋塘群雀图》里，雀群也是浩浩荡荡，忽然就中若干心有旁骛，停下觅食，或栖或啄，而大群仍自远飞，独有二三扭头观看，似也有心暂时歇脚。最令人惊奇的是《贝甲图》，海水退潮，无数贝壳、螺壳、珊瑚、海星弃置沙滩，但是它们好似都还遗留着生命，照样一副热热闹闹的场面。

若冲的生趣，不仅体现于所画动物，画植物也是这样。那些植物往往处于生命最饱满、最充分的状态。《鸡头螳螂图》、《红叶小禽图》和《桃花小禽图》都可看出，更夸张的是《牡丹小禽图》，真是花繁叶茂，满坑满谷，挤得两只小鸟快没有地方下脚了。“满”到这个份儿上，才是夏天轰轰烈烈的景象。《月梅图》画的是寒冬，可是梅花也要开到布满天空不可。而一轮圆月远远窥视着，给这团生气平添一个冷调的背景。在《雪芦鸳鸯图》里，积雪厚到要把芦茎压折，一对鸳鸯却戏水如故，自在极了。《鸡头螳螂图》、《燕子花小禽图》、《葡萄图》，还有《莲池游鱼图》里，与成熟的果实和盛开的花朵相比，茎叶常常已经枯败了。热与冷，动与静，荣与枯，生与死，若冲笔下每每有这些对照，构成一种强烈的内在张力。

我说若冲的画“惊艳”，一在色彩瑰丽，一在构图奇绝。在《秋塘群雀图》里，群雀皆作褐黄颜色，中间独独夹着一只纯白的；《莲池游鱼图》里，荷花红白搭配，对比都很强烈。《雪梅雄鸡图》里，主角是若冲最喜画的鸡。他画的鸡，都有些肆无忌惮、旁若无人的样子。梅花却也开得与鸡冠一般颜色，一般模样，似乎特地为雄鸡雪地出行凑趣。《老松白凤图》里，白凤的冠、喙、羽毛，也都恰与太阳同色，剩下两片羽毛还是绿的，好像一时不及变化，却与松枝藤叶和谐一致。这些与其说天作之合，不如说精心安排。若冲是以写生起手的画家，所画的却不是写生画。他在现实的范围内尽可能将对象理想化，为达此目的，即便超出现实之外亦无妨。白井华阳著《画乘要略》说他“能穷静动鸣啄之态，然不务形似贵写意”，竹本正兴著《石亭画谈》说他“着色艳丽，位置结构，均出乎人意”，秋山光和著《日本绘画史》则说：“若冲的写实派结果成了表现派。”也许正因为如此，若冲超越了自己的时代，历时弥久，而予观者的印象与感受弥新。

《梅花小禽图》里，树枝连成半圆，小鸟正好驻足在弧线之上；《蔷薇小禽图》里，白花与红花各自成行，宛如两股水流，汇合一处。若冲的画有一种装饰图案之美。在《牡丹小禽图》里，画家是以一个非登高才能拥有的俯视角度，来看那些花的。《菊花流水图》里，这一视角更为极端，几乎垂直于大地，那些花朵完全是正对着画家的眼睛开放，这就把所有都压到一个平面上，彻底取消了景深。但有意思的是，画中四只小鸟，左右两只停在花上，中间下边一只仿佛随着画面上别的东西一起被压平了，上边一只却藏身花的背面，露出脑袋和一羽翅膀，像是在捉迷藏，告诉我们底下还有一番天地呢。这种装饰图案之美体现的是超越现实之上的一种秩序感，一种化动为静的强大的克制力。若冲的画一方面活泼泼的，一方面又给人静谧与幽玄之感。古人诗句“蝉噪林逾静，鸟鸣山更幽”，多少可以借来形容。

二〇一一年九月二十七日

加山又造的画

大约十年前，我在书店里偶然看见薄薄一册《加山又造人体绘画选》，略翻一过，为之心动，于是买了下来。画册是国内印的，因为没有见过原作，也不知道失真程度如何。说来我对加山又造的了解，基本上不超出它的范围。例外的是一九九二年我在美术馆参观一个名为“当今日本画——走向传统与革新的统一”的展览，看见加山的四幅真迹：《迷途之鹿》、《冬》、《仿北宋水墨山水雪景》和《垂樱》。我看画展的介绍文字，似乎加山画山水成就更大，不过我的兴趣主要还在于女人，而加山的山水画与人体画有一点是相通的，就是笔意都特别冷。

加山又造那本画册，以后我一再翻看。三年前写《画廊故事》，辟有“女人”一辑，我就想到加山，然而又很犹豫，不是因为不值一提，相反我的确喜欢，只是一直谈的西方画家，忽然夹进个日本的，多少显得杂乱。转念一想，本来也不成系统，于是写了几百字，附于该辑之末。今年这书配上插图，改名《不守法的使者：现代绘画印象》重新出版，我又把这一则删掉了。——唠唠叨叨讲这些，未免“像煞有介事”，归根到底还是不能轻易放下加山。现在单独写篇文章，诚为两全之策。

乍看加山又造的《裸妇与猫》（一九七五年）、《黑色的蔷薇》（一九七六年）、《白色的蔷薇》（一九七六年）、《美人鱼》（一九七七年）和《裸妇习作》（一九七九年）等，所画的女人总都显得有点儿硬，简直就是剑拔弩张的样子，不免使我们联想到席勒；此外她们还是那种美得神情恍惚、美得不堪思想的女人，个个眼睛睁得又大又圆，内里却是空空洞洞的，多少又接近莫迪里阿尼之作。然而细细体会加山的女人，总觉得都那么冷冰冰的。不光是说神情，她们当然很淡漠，但这不是主要的；是说她们的肌肤给观者的感觉。无论席勒，还是莫迪里阿尼，都让我们感到画里是些热乎乎的肉体；即使德加、塞尚一派画家，还是不曾冷到这份儿地步。在这里冷不仅限于画家的态度，而是对象根本就是冷的。这该说是日本艺术的神髓所在。从前穆时英形容说“一个白金的人体塑像，一个没有羞惭，没有道德观念，也没有人类的欲望似的，无机的人体塑像”，正道着前述加山的女人那种硬的感觉，大概也就是所谓

“冷艳”罢。

加山又造画作这一特点，我在西方画家那里未曾看到；然而要想真正理解加山，还得先从西方画家谈起。我们看雷诺阿那些画女人的画，人的欲望乃是他的主题，这欲望是属于他自己的，或者放大地讲，属于他所代表的男人，而笔下那些女人仅仅是欲望的对象而已。再来看看席勒的画，女人本身的欲望却显得比画家的欲望更为强烈。如果把两位的作品作一对比，差别就很明显。虽然这不无简单肤浅之嫌，而且所谓女人自身的欲望，可能正是画出她的画家欲望的折射，但是我还是觉得其间多少有所不同。回过头去看加山，他显然是远离雷诺阿，而接近席勒的。所以也许该对前引穆时英的话作一修正：这样的女人并非没有欲望，而是欲望更多。——其实穆时英也是这个意思，不过正话反说罢了。然而如前所述，加山与席勒仍然有所不同。席勒的女人在成为欲望化身的同时，仍然不失为实实在在的女人；而加山把席勒有别于雷诺阿之处推向极致，女人身上人的因素已经被抽掉了，只剩下赤裸裸的欲望。至于观者，看画的眼光往往是雷诺阿式的，而不是席勒式的；真正达成交流，是认同画家即男人的欲望，不是认同画中女人的欲望。席勒与加山的女人令我们感到硬，加山的女人进而更令我们感到冷，原因就在这里。至于说加山的女人又有点儿像莫迪里阿尼的，是从人性丧失这一点着眼；不过莫迪里阿尼只是有此倾向，加山则做得彻底极了。以上两方面，或许该说是以日本观念对西方艺术所做的一番洗礼罢。

如果换一个角度看，女人作为客体出现在西方画家（包括席勒和莫迪里阿尼在内）笔下的同时，仍然保持着主体角色；即使没人去画她们，她们也是活生生的。而在加山又造笔下，女人始终只是客体。也可以说，这里有个“女性人体”和“女人”的区别。因为具有女性人体的美，才成为被观赏者；离开这一审美过程，她们根本就不存在。在加山的画里，女模特儿是被画家的感官所接受，不是他的心灵。首先是视觉，继而到达触觉、温觉和嗅觉，但是听觉几乎不起作用，无论硬也好，冷也好，最终都是寂静的。而席勒和莫迪里阿尼却让我们感到那些女人一准是伴随着某种声音的，仿佛啸歌之类。前面我把席勒与加山的女人的硬混为一谈，其实还是有区别的。席勒女人的硬，是她们内在生命力的表现；加山的女人在这方面则近乎虚无，呈现一种死灭之美。可以说方向正好是相反的。讲到这里我想到“色情”一词，如果不从道德意义而从审美意义上加以理解，指的就是只有“色”，没有“情”，只有审美体验，没有情感交流；其实用来形容加山的画也未尝不可。

二〇〇一年十二月三十一日

［补记］后来又在日本买到两种画册：一为『加山又造装飾の世界』（京都書院，一九七九），系一巨册，图版部分包括“絵画（一）”、“絵画（二）”和“着物/陶磁器/团扇”三部分；一为『加山又造版画集　1955年~1978年』（フジ美術，一九七八），卷首作者照片页上有毛笔签名“加山又造”。藉此对加山又造的艺术了解更多，但是所能说的其实还是过去写的那些，只想强调一句：日本画坛所谓“五大山”（东山魁夷、杉山宁、高山辰雄、加山又造和平山郁夫），我最喜欢的还是加山又造。

二〇一五年二月二十五日

冷冰川的世界

外行看画，遇抽象画爱问“画的什么”，遇具象画爱问“真的假的”。画的什么未必能讲明白，真的假的倒是很有意思。即以冷冰川的画作为例，他后期的布上作品，基本是不能谈的，至少我这种外行不能谈，虽然看了很喜欢。我觉得这多少有点像克利或马松所作，当然技法与材料都不一样，那两位画家同样为我喜欢，但是也不能谈。相比之下，倒是冷冰川前期的墨刻作品，可以略述一点观后的感想，因为它们具体，实在，清楚，其实根本无须解说，即使说错了也无大碍。记得叶嘉莹谈诗，把意象分为“取材出于现实中实有之事物”、“取材出于现实中可有之事物”和“取材出于现实中无有之事物”三类。所谓“实有”、“可有”与“无有”，根本区别在于是否遵从现实的逻辑关系。冷冰川笔下茂盛的植物，空旷的大宅，还有置身其间的女人，也都属于“取材出于现实中可有之事物”，若是到世界上去找，兴许压根儿没这么回事。冷冰川画的是他自己的梦，不过这梦看起来像真的一样，即便似乎偶有破绽，显然也是出于故意的安排。这使我联想到德尔沃，不知冷冰川是否受过他的影响。我曾说，德尔沃所画单就环境如苑林、广场、道路或古老建筑而言没有什么超出现实的，单看那些裸体女人以及其他人物也是如此，令人意乱神迷的是这样的他们一起出现在这样的环境之中。我也这么看冷冰川的画。

但是，德尔沃的画总是给人很冷的感觉，不妨借用老杜"清辉玉臂寒"之句形容那些梦游般的裸体女人，假如这情景是真的，也该发生在冬天的欧洲罢。冷冰川所画则是热带才有的景象，我曾在盛夏去过一次印尼，所见处处让人想起《庄子》说的"草木怒生"，这话用来描绘冷冰川的画中情景最为恰当。那里总是弥漫着一股溽热气氛，热得令人夜不能寐，非把穿的盖的尽皆丢开不可。这就是我看他所画的女人的第一感觉。那是一批健康女子，身体壮硕，火力旺盛，特别耐不得热，急急将身上敏感部位暴露出来，乃至完全赤身裸体。当然，看他的"二十四节气"组画，问题好像不是这么简单。在第一幅《立春——花开花落》里，一个穿着裙子、赤裸上身的女人，对着户外的向日葵，背手整理自己的头发。第二幅《雨水——冷香》，桌旁两个女人，其一端坐，其一颠倒，衣裙半褪，两腿架在桌上，上身伸到桌下，仿佛已经不安于寻常状态。第三幅《惊蛰——听笛》是大全景，画中不少小猫、纸人、面具，还有一个坐在屋顶上的裸女吹着笛子，但她不是主角。这幅好像一场演出的“间奏”，期待着即将发生某种大的变化。第四幅《春分——满月》，一个女人跪着匍匐在高大的百叶门下，腰间缠着被单，短裤却已扯到胯下。到了第五幅《清明——月蚀》，身躯庞大的女人坐在花里，俨然赤身裸体。打这儿起，她们就始终寸丝不挂。即使在《立冬——九秋》、《小雪——野香》、《大雪——短唱》、《冬至——野望》、《小寒——听雪》、《大寒——细雨》里，天气冷峭，大自然已稍显萧疏，那些女人照旧热血沸腾的样子，从而成为世间最有生命力的一类生物。我由此想到：冷冰川笔下的这一切可能既是写实的，又是象征的。总的来说，“二十四节气”叙述了一个逐渐脱离文明、回归自然的过程。说来冷冰川的所有作品画的都是这个意思。

同样值得注意的是那些女人的姿态。她们偶尔对于环境有所感应，如在《远雷》里，一群女人应和着雷鸣翩然起舞；《唱晚》里的女人面对天上一弯新月，不由得解去身上唯一一件文胸。更多的时候，她们则是慵懒的、自在的、随遇而安的，甚至是肆无忌惮的。她们或翻书、弹琴、弄笛（《流韵》、

《浅唱》、《红樱桃·绿芭蕉》、《清明——月蚀》、《谷雨——酸梅子》、《立冬——九秋》、《大雪——短唱》)，或抛了书本，丢开乐器（《黑莓的风景》、《野豌豆》、《媚眼》、《幽情》、《醉蝶》、《闲夏》、《多汁的心情》、《弄影》、《春鸟秋虫》、《雨蕉》、《芒种——情歌情节》、《小暑——凝月》、《大暑——夜的如花的伤口》、《立秋——扑蝶》、《寒露——断弦》、《霜降——微风》)；她们或俯（《霜夜里的惊醒》)，或仰（《翠露》)，或蜷（《醉蝶》、《闲夏》、《残夜》)，或伸（《浅唱》)，甚至倒立（《媚眼》、《小桃红》)，像在《雨水——冷香》、《寒露——断弦》、《大寒——细雨》里，那个姿势换了旁人一定觉得难受，可她们就愿意这样，怎么舒服怎么待着。这是些懵懂的、本能的、无所约束的、无知无欲的女子。在《晚风》、《黑莓的风景》、《春鸟秋虫》、《芒种——情歌情节》、《小暑——凝月》、《秋分——水仙的心情》等画里，她们身边放着鸟笼，但鸟儿却在笼外，无疑是获得自由的象征。冷冰川的女人最终成了属于自然界的一种生物。

所有这些的背后，或许被一种哲学支撑着：在冷冰川看来，这世界上的一切，都应该以其最充分的自然状态呈现出来。他所要画的，就是这样一个理想世界。尽管在他笔下，也时常出现看来与此格格不入的成分，我前面提到的“破绽”就是指的这个，譬如那些诡异的面具（《野豌豆》、《竹露》、《幽情》、《醉蝶》、《春梦》、《残夜》、《小桃红》、《翠露》、《秋霜》、《雨蕉》、《立春——花开花落》、《谷雨——酸梅子》），僵直的纸人（《媚眼》、《幽情》、《残夜》、《梅弄》），还有探头探脑的小猫（《媚眼》、《寒夜梅笛》、《闲夏》、《箫声断处》、《小桃红》、《红樱桃，绿芭蕉》、《霜夜里的惊醒》、《雨蕉》、《春分——满月》、《大暑——夜的如花的伤口》、《传说之一——野风》），它们像闯入者，又像偷窥者，无论如何，对这个世界构成了某种威胁。它们可能来自文明社会，如果说画家的理想世界是一极，那这就是相对的另一极。好有一比是卢梭所画《梦》里的那张沙发，假如沙发是真的，裸体女人与丛林、野兽就都是假的，反之亦然。冷冰川画的面具、纸人和小猫也是这样。

墨刻作品的黑—白赋予那些女人以异乎寻常的美。这里黑本来是夜色，白则是夜里的光，但是画家只用白的细线为她们勾勒了轮廓，头发、五官、指甲和趾甲像身边那些植物一般清晰，而她们的肉体则是浑然黑色，仿佛光一点也照不透，或者说光都被它们给吸收了，于是显得特别厚重，致密，结实。我想起雷诺阿曾说，“画出来的女人臀部应该像自己用手可以触摸那样，有弹性，有质感”，冷冰川充分利用了黑在形态和质感上的暗示性，在这方面，他所画的女人恐怕比雷诺阿用鲜艳色彩所画的有过之而无不及。女人的美不仅体现于形态，也体现于质感。冷冰川画的女人，不仅具有视觉之美，细细体会，还有触觉之美，甚至嗅觉之美。我曾经谈到，不同的感觉，在审美主体与审美对象之间的距离是不同的，较之视觉，嗅觉和触觉的距离要来得切近，所感受的美也更具体，更鲜明，更强烈。而所谓“性感”，多半就来自由视觉和听觉之美向着触觉、嗅觉和味觉之美的发展或转化。

话说至此，也许应该在一个更大的背景下来看冷冰川的画。墨刻作品的最大贡献，在于把性感之美表现得特别精致，也特别充分；也正因为如此，它们实现了对于中国传统美学的重大冲击、突破和拓展。《论语》里孔子说的“《关雎》，乐而不淫，哀而不伤”（《八佾》），或者确如朱熹之解释：“淫者，乐之过而失其正者也。”但是孔子又说：“放郑声，远佞人，郑声淫，佞人殆。”（《卫灵公》）“恶紫之夺朱也，恶郑声之乱雅乐也，恶利口之覆邦家者。”（《阳货》）再联系所说“诗三百，一言以蔽之，曰：思无邪”（《为政》），似乎在他的观念里，的确存在如我们通常所谓“淫”那么一回事，其所“恶”，所欲“放”者，还不仅仅是“过而失其正”而已。及至朱熹作《诗集传》，有云：“郑卫之乐，皆为淫声。……卫犹为男悦女之词，而郑皆为女惑男之语。卫人犹多刺讥惩创之意，而郑人几于荡然无复羞愧悔悟之萌，是则郑声之淫，有甚于卫矣。”此乃承孔子之意复大加发挥。但有意思的是，他将“男悦女”与“女惑男”，“犹多刺讥惩创之意”与“几于荡然无复羞愧悔悟之萌”加以区别，却是看到在所谓“淫”的这个区域，可以分出不同阶段。而其中某个阶段，即朱熹说的“女惑男”者，正是性感之美使然，而且这种感官美不涉理路，无关善恶，亦应了朱熹之“几于荡然无复羞愧悔悟之萌”。中国传统美学实际上是排斥进而放弃了这个属于美的领域。以后出现对于正统思想的反拨，譬如《金瓶梅》、《肉蒲团》的相关描写，还有那些春宫画，但又未免过分，超出美的界限，反而归于丑了，或者换句话说，不太干净，有点脏了。倒是曾有《诗经》之类文学作品涉猎于此，但如论家所言：“《诗经》的高明在于它充分利用了语言文字的模糊性和多义性，使读者阅读的时候不至于堕入简单的感官刺激，单纯、正经的读者甚至根本不会想到那是性描写。”却是指出了其局限性所在，实际上仍然规避了性感之美。在我看来，真正填补了这个空白的是冷冰川的画。在这方面他有番话说得很好：“我也不在自己的生活里找灵感，但我直接从生活找动人的细节，画得越深入越让我读清楚内心。所以我的作品细节结实，繁复，含有轻微的催情成分——但它的抚慰是真诚的，只使人迷醉，没有毒素。其实我与画中的人儿都没有什么享乐，‘我’和‘她’只是展示一种对自由的个人化的造型，一种素朴的性命的滋味；一切不过是‘人’性情中的即兴之作。但它的妙处，在于这种不着边际的对自由和情色的心花顿发的机锋唱答。”（《〈最后的罂粟〉跋》）回头去看“思无邪”、“乐而不淫”、“放郑声”，说穿了未免画地为牢。

二〇一二年二月十九日

开·卷·书·坊（第一辑）

开卷闲话六编·（子聪）
我的歌台文坛·（宋词）
纸醉书迷·（张国功）
书林物语·（沈津）
条畅小集·（严晓星）
书虫日记二集·（彭国梁）
劫后书忆·（躲斋）
寻我旧梦·（鲲西）

开·卷·书·坊（第二辑）

开卷闲话七编·（子聪）
旧书的底蕴·（韦泱）
听雪集·（许宏泉）
榗柿楼杂稿·（扬之水）
笔记·（沈胜衣）
邃谷序评·（来新夏）
我来晴好·（范笑我）
难忘王府井·（姜德明）
读书抽茧录·（桑农）
旧书陈香·（徐雁）
书虫日记三集·（彭国梁）
书虫日记四集·（彭国梁）

开·卷·书·坊（第三辑）

一些书　一些人·（子张）
开卷闲话八编·（子聪）
书缘深深深几许·（毛乐耕）
西窗看花漫笔·（李文俊）
我之所思·（刘绪源）
自画像·（陈子善）
待漏轩文存·（吴奔星）
文人·（周立民）
左右左·（锺叔河）
温暖的书缘·（徐鲁）

开·卷·书·坊（第四辑）

开卷闲话九编·（子聪）
文坛逸话·（石湾）
渊研楼杂忆·（汤炳正）
转益多师·（陈尚君）
退密文存·（周退密）
回忆中的师友群像·（钱伯城）
旧日文事·（龚明德）

开·卷·书·坊（第五辑）

开卷闲话十编·（子聪）
怀土小集·（王稼句）
雨脚集·（止庵）
云影·（吴钧陶）
白与黄·（张叹凤）
拙斋书话·（高克勤）
北京往日抄·（谢其章）
文人影·（谭宗远）